이 아무개 목사가 옮겨 엮은 동양의 지혜

# 물이 없으니, 달도 없구나

새로운눈®^^

## 물이 없으니 달도 없구나

2005년 6월 27일 개정판 1쇄 발행

펴낸곳 **새로운눈** ®^^ • 새로운눈은 당그래출판사의 자(子)회사입니다.

옮겨엮은이  이아무개
펴낸이      이 춘 호

등 록  2002. 4. 19.  제1-3031호
주 소  110-071 서울시 종로구 당주동 32번지 황금빌딩 1층
전 화  (02) 722-6603
팩 스  (02) 722-6604
E-MAIL  dangre@dangre.co.kr

표 지  디자인 이앤씨
제 판  위너스출력센타
인 쇄  예림인쇄
제 본  우성제책

이아무개. 2002

ISBN 89-952999-9-1* 03810

값 9,000원

물이 없으니, 달도 없구나

**이아무개**

1944년 충주에서 태어나 감리교신학대학을 졸업했다. 본명은 이현주, 觀玉이라고도 부른다. 목사, 동화작가, 번역 문학가이기도 한 글쓴이는 동서양을 아우르는 글을 집필하는 한편 대학과 교회 등에서 강의도 하고 있다. 저서로는 《사람의 길 예수의 길》, 《한 송이 이름 없는 들꽃으로》, 《예수와 만난 사람들》, 《시민불복종 –자유인, 헨리 데이빗 도로우의 생애》,《이와 같이 나는 들었노라(如是我聞)》, 《이아무개 목사의 금강경 읽기》, 《이아무개의 마음공부》, 《이름값을 하면서 살고 싶다》(최완택 공저) 외 다수가 있다.

# 책 머리에

오래 전에 「낙타나누기」라는 제목으로 발행했던 책을 다시 찍어내면서, 혹시 독자들께 보탬이 되실까 본문 끝에 몇 줄씩 저의 소감을 붙여보았습니다.

자고나면 놀랄 만큼 달라져 있는 세상이지만, 우리가 사람인 것만은 세상 끝날 까지 바뀔 수 없는 엄연한 사실이고 그러기에 안고 가야할 소망과 기쁨 그리고 아픔과 고뇌도 여전하겠지요.

이 작은 책에 실려 있는 토막 이야기들이 팍팍한 시대를 살아가고 있는 독자 여러분과 여러분의 사랑스런 '님' 들께 옹달샘 같은 위안과 청솔가지 사이로 부는 바람 같은 사색의 실마리가 될 수 있기를 바랄 따름입니다.

병자년 설날에
이 아무개

# 1

## 산기슭의 평범한 사람

# 죽고자 하는 이유

제자를 예순 명 둔 탁발승이 있었다. 탁발승은 제자들을 성심성 의로 가르쳤는데, 드디어 새로운 경험을 할 때가 되었다.

제자들을 모아 놓고 말하기를,

"이제 먼 길을 떠나야 한다. 길에서 어떤 일이 벌어질 터인데, 그게 무슨 일인지는 나도 잘 모른다. 이번 여행에는 여행을 간절히 바라는 사람만 나와 동행할 수 있다.

"먼저, 이 말 한 마디를 기억해야 한다. 무슨 말인고 하니, '탁발 승 대신 내가 죽겠습니다'는 말이다. 그리고 내가 두 손을 번쩍 들 면 언제든지 이 말을 크게 외칠 준비가 돼 있어야 한다."

제자들 가운데 몇몇이 수군거리기 시작하더니 이내 탁발승의 속 셈을 의심하게 되었다. 마침내 쉰아홉 명이 스승을 등지고 말했다.

"길에서 어떤 일이 일어날는지 미리 알고 있는 거야. 그래서 자 기가 죽게 되었을 때 대신 우리를 죽게 하려는 거지!"

하나 남은 제자를 데리고 탁발승은 길을 떠났다.

그들이 어느 도시에 들어가기 직전에 무시무시하고 제멋대로 구 는 폭군이 그 도시를 점령했다. 폭군은 자기의 힘이 얼마나 센지 본때를 보여줌으로써 자신의 권위를 더욱 굳히려고 군인들을 불러 말했다.

"어수룩해 보이는 나그네를 붙잡아 네거리로 끌어와라. 그를 재판하여 이단자로 처형하겠다."

"분부대로 거행합죠."

군인들이 그렇게 대답하고는 거리로 나가 맨 처음 눈에 띄는 나그네를 잡았는데 다른 사람 아닌 탁발승의 제자였다.

탁발승도 군인들을 따라 왕이 앉아 있는 곳으로 갔다. 그러는 동안 시민들 모두 죽음을 부르는 북소리에 겁이 잔뜩 난 채 네거리로 모여들었다.

제자가 무릎을 꿇자 왕이 말했다.

"일없이 빈둥거리며 돌아다니는 건달은 그냥 두지 않겠다는 나의 뜻을 세상에 널리 보여 줘야겠다. 너는 이 자리에서 사형이다."

그러자 탁발승이 뛰쳐나오며 크게 소리쳤다.

"폐하, 저 쓸모없는 젊은것의 목숨 대신에 내 목숨을 거두시오! 잘못이 있다면 나한테 더 많이 있습니다. 저 젊은 것에게 빈둥거리며 돌아다니라고 시킨 게 나니까요."

이렇게 외치면서 두 손을 번쩍 추켜올렸으므로 이번에는 제자가 부르짖었다.

"폐하, 제발 이 몸을 죽여주시오. 탁발승 대신 내가 죽겠습니다."

왕은 어리둥절해서 신하들에게 물어 보았다.

"이것들이 서로 죽겠다고 하니 도대체 어떻게 생겨 먹은 인간들인가? 이토록 용감한 사람을 죽이면 오히려 백성이 들고일어나 나를 배척하지 않겠는가? 어찌해야 좋을지 말을 해보아라."

신하들이 잠시 의논하더니 왕에게 말하기를,

'만세에 으뜸이신 폐하! 이 자들이 진정 영웅이라면 우리가 할 일은 더군다나 백성들 혼이 나갈 때까지 계속 난폭하게 다루는 것밖에는 없습니다. 그러나 이 탁발승에게, 어째서 죽고 싶어 하는지 그 까닭을 물어 본다고 해서 손해날 것도 없겠지요."

죽고자 하는 이유가 뭐냐는 물음에 탁발승은 이렇게 대답했다.

"오늘 이 자리에서 한 사람이 죽게 돼 있는데 바로 그 사람이 죽었다가 다시 살아나 영원히 죽지 않는다는 말을 들었습니다. 그래서 저 젊은 것과 제가 그 사람이 되겠다고 다툰 것입니다."

왕은 가만 생각했다.

'그렇다면 그 영원히 사는 사람이 바로 내가 돼야지. 다른 놈에게 넘겨줄 수 없는 일이렷다?'

이윽고 왕은, 저 뜨내기 건달 대신 자기를 처형하라고 명령을 내렸다. 그러자 왕의 고약한 신하들이 저마다 영원히 살겠다고 자결을 했다.

아무도 다시 살아나지 못했다. 탁발승과 제자는 시끄러운 그곳을 조용히 떠났다.

예수 이르시기를, 으뜸이 되고자 하는 자는 꼴찌가 되라고 하셨다. 그렇다면 으뜸이 되려고 '일부러' 꼴찌를 하는 것은 어찌 될까? 영원한 꼴찌로 남겠지.

# 하이다르의 제자

하이다르는 한 제자가 이렇게 말하는 것을 들었다.

"아무 아무 책을 사지 않은 게 다행이야. 그 책을 쓰신 분한테 배우게 됐으니까. 쓸모없이 고생만 하고 괜히 돈만 쓸 뻔했지 뭐야."

1년 뒤, 하이다르는 그 제자에게 책을 한 권 주면서 말했다.

"지난 열두 달 동안 너는 나를 섬겨 일했다. 그 동안 수고비를 계산하면 백 디르함이 되는데 이 책값이 백 디르함이다. 전 같으면 이런 책 한 권을 위해서 은화를 백 닢씩이나 내지는 않았을 게다. 너만 그런 게 아니라 아마 웬만한 사람이면 다 그렇겠지. 그러나 나는 너를 그 동안에, 그만한 책값을 지불할 정도의 사람으로 만들었다. 자, 받아라. 낙타 한 마리 값이 동전 한 닢이라 해도, 만일 그 낙타가 너에게 필요 없다면, 비싼 값이다. 말 한 마디 값이 천금(千金)이라 해도, 만일 그 말이 너에게 없어서 안 될 말이라면, 오히려 싼값이다. 너를 포함하여 모든 것을 있게 하시는 분에게로 돌아가고자 한다면, 언제나 첫걸음부터 시작해야 한다. 아무리 먼 길이라 해도 모든 길은 한 걸음부터니까."

🌿 예수 이르시기를 진주를 돼지한테 주지 말라고 하셨다. 어떤 바보가 진주를 돼지한테 줄까? 세상에 그런 바보가 있을까? 있다. 있어도 아주 많이 있다. 당신은 당신의 진주보다 귀한 생명을 시방 누구에게 내어주고 있는가?

13

# 가장 위대하신 이름

인도에 사는 한 수행자가 어느 수피(a Sufi)에게, 알라 신의 백 번째 이름인 '가장 위대하신 이름'이 무엇인지 가르쳐 줄 수 있겠느냐고 물었다. 그 이름을 아는 자는 기적을 일으키고 인생과 역사의 방향을 바꿀 수도 있는데, 그런데 그럴 만한 자격을 갖추기 전에는 아무도 그 이름을 알 수 없게 돼 있다.

수피가 말했다.

"전통에 따라, 먼저 그대의 능력을 시험해 보아야겠다. 성문께로 가서 어두워질 때까지 있다가 나에게로 돌아와 거기서 무엇을 보았는지 본 것을 말해 보아라."

수행자는 수피가 시킨 대로 했다. 밤이 되자 돌아와 보고하기를,

"말씀하신 대로 성문께에 자리 잡고 앉아서 눈에 힘을 주고 살펴보았습니다. 그런데 한 늙은이가 줄곧 저의 눈길을 끌었지요. 그는 나뭇짐을 등에 지고 성안으로 들어오려고 했습니다. 그러자 문지기가 늙은이에게 통행세를 내라고 했어요. 이 말에 늙은이는 팔아서 드리겠다고 했다가 그만 매만 실컷 맞고 쫓겨났습니다."

수피가 물었다.

"그 모양을 보았을 때 느낌이 어땠느냐?"

수행자가 대답했다.

"더욱 더 '가장 위대하신 이름'이 알고 싶어졌어요. 만일 내가 그

이름을 알았더라면 불쌍한 나무꾼 노인이 그렇게 당하기만 하지는 않았을 것입니다."

수피가 말했다.

"오 지복(至福)을 타고 난 사람이여! 나의 스승께서는 내 결심을 시험해 보시고 내가 변덕스런 감상주의자인지 아니면 사람을 섬기는 종인지 확인하신 다음, 그리고 어떤 경험을 통해 나 자신의 생각과 행동을 스스로 들여다 볼 수 있게 하신 다음, 몸소 '백 번째 이름'을 가르쳐 주셨구나. 백 번째 이름은 모든 때에 모든 사람을 섬기려고 있는 이름이다. 오늘 네가 성문에서 보았던 그 늙은 나무꾼이 바로 나의 스승이었어."

나무 팔러 왔다가 매만 맞고 돌아가는 늙은이.
세상에 도무지 한 일도 없고 이루어 놓은 일도 없다.
모든 때에 모든 사람을 섬기기만 했거늘, 세상천지 어디에 그의 명예나 업적이 빛을 낼 것인가? "잘 가는 사람은 발자국을 남기지 않는다"(노자).

# 지혜의 책

시맙이 말했다.

"나는 지혜의 책을 금화 백 냥에 팔 작정일세. 어떤 사람들은 그것도 싸다고 할 거야."

유누스 마르마르가 말했다.

"나는 그 책을 이해하는 데 필요한 열쇠를 공짜로 넘겨주겠네. 그런데 아마 아무도 그것을 넘겨받지 않을 거야."

구슬이 서 말이라도 꿰어야 보배요 부뚜막의 소금도 넣어야 짜다. 서재 가득 쌓여 있는 장서라 한들, 읽지 않는다면 그게 다 무엇이랴? 이사할 적마다 짐의 무게나 더 하지. 날마다 밤마다 읽는다 한들, 이해하지 못한다면 그게 다 무엇이랴?

마음에 되비치지 않는다면 경을 읽어도 아무 유익이 없다(心不返照看經無益).

# 퇴학 처분

어떤 사람이 바하우딘 나크쉬반드에게 물었다.

"학생을 퇴학시키는 일은 몹시 고통스러운 일이지요?"

그가 대답했다.

"제자를 시험해 보고 도와줄 수 있는 가장 좋은 방법은, 가능하다면, 그를 퇴학 처분하는 것이오. 만일 그가 퇴학을 당하고 나서 당신을 등지고 떠나버린다면, 자기가 얼마나 속 좁은 인간이며 과연 퇴학 맞을 만한 흠이 자신에게 있다는 사실을 깨달아 알게 될 기회를 얻는 것이지요. 그가 만일 당신을 용서한다면, 자기의 행위 속에 혹시 거룩한 척하는 위선이 깃들여 있지 않은지 살펴 볼 기회를 얻는 것이오. 만일 그가 자신의 평형을 되찾는다면, 우리가 하는 이 일(가르침)에 유익이 될 수 있으며 무엇보다도 자기 자신에게 유익을 줄 수 있는 사람이 되겠지요."

큰길에는 따로 문이 없다[大道無門]. 모든 학생(배우는 사람)에게는 모든 것이 배움의 길로 들어가는 문이다. 활짝 핀 장미가 동서남북에 밤낮으로 향기를 내뿜듯 제대로 된 학생은 모든 경우에 모든 것을 닥치는 대로 배운다. 그에게는 이 세상에 교과서 아닌 것이 없다.

# 구루의 땅

어느 상인이 수피를 방문하여 물었다.

"어떤 나라는 뚜렷한 교리와 형식을 갖춘 스승인 구루들로 가득 차 있습니다. 그런데 어째서 수피는 겨우 지방에만 몇 사람 있을까 말까 한 겁니까? 그나마 어째서 공식적으로 알려진 수피들조차 겨우 누군가 물려 준 일을 그냥 되풀이하고 본받기만 하는 그런 모습으로 보일 뿐인지요?"

수피가 대답했다.

"두 가지를 물으셨소이다만, 대답은 하나올시다. 예를 들어 인도에는 구루와 사원 경배자들이 득시글거립니다. 그런데 참 진리를 아는 수피는 드문 정도가 아니라 아예 찾아보기가 어려울 지경이지요. 까닭은, 구루와 그 추종자들은 놀이를 하는데(at play) 수피는 일을 하고 있기(at work) 때문이외다. 일하는 수피가 없다면 인류는 소멸되고 말 것이오. 인도는 뱀 —마술사들의 땅이고, 널리 알려진 구루들은 사람— 마술사들이지요. 그들은 사람을 즐겁게 합니다. 그런데 숨은 성자들은 사람을 위해 '일'을 하지요. 어른이 할 만한 일이란 숨은 스승들을 찾는 것이요 즐거움을 찾는 것은 아이들이나 할 짓이외다. 당신은 전에 구루의 제자였던 자들이 날마다 우리 둘레에 모여들고 있지만, 뭔가 공부하는 법을 배웠어야 할 것을 그저 즐기는 법만 배운 까닭에 단 한 사람도 받아들여지지 않는 것을 보지 못했나요?"

# 닐리

닐리가 제자들을 가르치면서 음악도 듣고 오락도 하게하며 책만 읽을 게 아니라 색다른 장소에서 모임을 갖게도 한다는 소문이 퍼졌다.

비판자가 나타나 현자에게 말했다.

"당신은 지난 몇 년 동안 그토록 경박하고 천한 짓들을 내버려두었습니다. 이제는 내버려둘 뿐 아니라 아예 그런 것들을 사용하며 제자를 가르치는군요. 당장 그만두든지 아니면 나에게 해명을 해주시오."

닐리가 말했다.

"그만두지도 않고 해명하지도 않겠소. 그러나 기꺼이 당신한테 말해 주리다. 그 까닭은 이렇소. 나는 자신이 무엇을 위해 있는지 이해할 수 있는 사람들을 가르치고 있는 거요.

많은 사람이, 자신이 무엇을 위해 있는지 모르지요. 그들은 식당에 가서 음식을 맛있게 먹는 대신 요리사와 사랑에 빠지는 사람들과 비슷합니다.

사람들은 잘못된 귀로 음악을 들어요. 그래서 나는 그들이 음악에서 무슨 유익을 얻어낼 수 있기 전에는 음악을 금지시킵니다. 음악을 연주하지 못하게 하지요. 과연 그것이 무엇을 위하여 있는 것인지를 알게 되기까지는.

무엇인가 요리해 낼 수 있는 불에 손을 쬐고 있는 사람들처럼 그들은 음악을 소모하고 있는 것입니다. 환경으로 말하면 탐미주의 자들이 만들어 놓은 어떤 분위기가 있지요. 그들은 그 분위기에 젖어 자신이 지닐 수 있는 더 많은 가치를 스스로 박탈하고 나아가 다른 사람에게 어떤 참된 가치를 얻기 직전에 그것을 그만두라고 가르치기도 합니다. 이런 자들은 순례의 길을 가면서 그들이 밟은 계단이 몇 개인지만 생각하는 그런 자들과 비슷하지요.

학습을 시키는 것으로 말하면, 사람들이 과일의 향기만 맡고 그것이 먹히고자 거기 있다는 사실을 잊어버리는 천박함보다 더 깊은 내용이 있음을 알게 되기 전에 내가 해줄 수 있는 일이란 그저 책을 읽게 하는 것밖에는 아무것도 없답니다. 아무도 냄새 맡는 것을 반대하지는 않겠지만, 그러나 만일 그들이 먹기를 거절한다면 금방 죽고 말 것이오."

예수 이르시기를, 귀 있는 자 들으라고 하셨다. 귀 없는 자도 있나? 있다. 같은 라디오에서 헨델이 울려나오는데 어떤 귀에는 그 소리가 들리고 어떤 귀에는 안 들린다. 들리는 귀는 헨델을 자주 듣는 귀요 안 들리는 귀는 헨델을 한 번도 듣지 않는 귀다. 먹어봐야 맛을 알고 맛을 알아야 먹을 줄도 안다. 들어봐야 귀를 얻고 귀를 얻어야 들을 줄 안다.

# 벗겨내어 버림

　'하늘의 주인'이신 라이스 엘－아플라크님이 갑자기 아프가니스탄에 나타나 몇 마디 은밀한 연설을 하고 사라지셨다. 그가 말하기를,

　"나를 보러 오는 자들 거의 모두가 인간에 대하여 이상한 생각을 하고 있더구나. 무엇보다도 이상한 것은, 인간이 오로지 개량(improve-ment)을 말미암아 앞으로 나갈 수 있다는 믿음이다. 인간은 깨닫기 위해서 무엇인가 덧보탤 필요도 있지만 그보다는 이미 붙어 있는 딱딱한 부착물들을 벗겨 버릴 필요가 있다. 이 사실을 아는 자만이 장차 나를 이해하리라.

　인간은 언제나 무슨 가르침이나 관념 따위를 더 많이 얻어 포함시키는 쪽만 생각한다. 그러나 참으로 지혜로운 자는 오히려 인간을 눈멀고 귀먹게 하는 것들을 벗겨 내어버림으로써 큰 가르침을 얻어낼 수 있다는 사실을 알고 있다."

　학문을 하는 것은 날마다 보태는 것이지만 길을 찾아 걷는 것은 날마다 덜어내는 것[爲學日益, 爲道日損]이라고 했다 (노자).
예수 이르시기를, 마음이 깨끗한 자는 하느님을 본다고 하셨다. 깨끗하다는 말은 아무것도 없다는 말이다. 이런 마음 저런 마음 없이 그냥 마음만 있는 사람 눈에는 모든 것이 하느님이란 말씀이겠다.

# 현자의 돌

　루미한테 돌이 있었는데 그 돌은 특별한 성질이 있어서 그것을 보는 사람마다 루비로 보게끔 했다고 한다. 이 돌이 보석상에게 넘어가 천 디르함에 팔렸다.

　그러나 변성(變成, 연금술로 모양을 다르게 함)에 관해 말하면서 루미는 이렇게 중얼거렸다.

　"현자의 돌(the philosopher's stone, 비금속을 황금으로 변화시키는 힘이 있다고 해서 연금술사들이 찾아 헤매던 것)을 이용하여 구리를 금으로 바꾸는 것은 참으로 놀라운 일이야.

　"그보다 더 놀라운 일은 순간순간 현자의 돌(인간)이 구리로 바뀌는 것이지. 그것도 자신의 부주의로 말씀이야."

　히틀러, 스탈린 따위 폭력을 쓰는 독재자들한테서 우리는 무엇을 보는가? 구리를 금으로 바꾸겠다고 기염을 토하면서 여러 사람 고달프게 한 끝에 어느덧 구리로 바뀌어져버린 천사 표 황금! (그들도 갓 태어났을 때는 귀여운 천사였다!)

# 바르바리와 가짜 수피

탁발승 바르바리는 제자 차림을 하고, 자신이 참된 도(道)를 가르친다고 스스로 생각하는 어느 가짜 수피의 모임에 매주 빠지지 않고 참석했다.

모임에 나올 적마다 탁발승은 자칭 수피에게 우스꽝스런 질문을 했다. 그 질문 때문에 수백 번도 더 넘게 말을 중단할 수밖에 없었던 가짜 수피는 마침내 참지 못하고 바르바리에게 소리를 질렀다.

"너는 십이 년 동안이나 이곳에 와서 엉터리 질문을 해대는데 그 모든 질문이 방금 질문한 것과 같은 것 아니냐?"

바르바리가 말했다.

"그건 그렇습니다. 그렇지만 약 올라 하는 당신의 모습을 보면서 쾌감을 느끼는 것이 저의 유일한 비행(非行, vice)이지요."

상대의 어떤 태도나 행위에 나의 감정이 따라서 움직인다는 것은 아직도 '나'라고 하는 허물[我相]을 벗어버리지 못한 증거다. 아상(我相)도 여의치 못한 주제에 감히 누굴 가르치겠다는 거냐? 12년이나 일러주었건만 깨닫지를 못하다니 너도 참 대단한 놈이구나!

# 진리로 가는 길

알리가 말했다.

"진리로 가는 길(the Path) 자체가 잘못된 길일는지도 모른다고 생각할 수 있기 전에는, 아무도 진리(the Truth)에 이르지 못할 것이다.

왜냐하면 자기가 지금 가고 있는 길이 올바른 길이라고 확신할 줄 밖에 모르는 자는 신앙인이 아니라 자신이 이미 알고 있는 것 말고 다른 것은 생각조차 할 줄 모르는 자인 때문이다. 그런 자는 뭐니 뭐니 해도 우선 '인간'이 아니다. 그는 짐승처럼 정해진 신조를 좆을 뿐이요, 그러고 있는 동안에는 아무 것도 배우지 못한다. '인간'이라고 불릴 수 없는 까닭에 결코 진리에 이를 수 없는 것이다."

북극성은 붙박이별인가!? 그렇다. 북극성은 과연 붙박이별인가!? 아니다. 북극성이 만일 우주의 어느 한 점(点)에 문자 그대로 붙박여있다면 이렇게 뱅글뱅글 도는 지구에서 볼 때 언제나 '한 자리'에만 있을 수는 없기 때문이다. 북극성은 그러면 붙박이별이 아닌가?

# 하산과 라비아

하루는 라비아가 묵상하는 자들과 함께 앉아 있는데 하산이 찾아와서는 이렇게 말했다.

"나는 물 위를 걸을 수 있습니다. 우리 함께 호수 저쪽으로 가서 물위에 앉아 신령한 토론을 해봅시다."

라비아가 대답했다. "이 귀중한 무리로부터 스스로 떨어져 있기를 바란다면 나처럼 하늘을 날아올라 거기 앉아서 얘기하는 게 어떻겠소?"

하산이 말하기를, "나는 하늘을 날지 못합니다. 그럴 만한 능력이 없거든요."

라비아가 다시 말하기를,

"물 위를 맘대로 걸을 수 있는 당신의 능력은 그게 그러니까 물방개의 능력이지요. 공중에 날 수 있는 나의 능력이란 파리가 지닌 것이고요. 이 따위 능력이란 참 진리와 아무 상관도 없는 것입니다. 그것들은 신령함이 아니라 자만심과 쓸데없는 경쟁심을 자아낼 뿐이거든요."

우리가 하필 사람으로 태어난 것은 사람으로 살아가라는 뜻이다. 부러워할 게 없어서 물방개와 파리의 능력을 부러워할까? 신통력은 참된 도력(道力)을 쌓는데 도움이 되기보다 방해가 되기 쉽다는 것이 모든 스승의 가르침이다. 평상심(平常心) 곧 불심(佛心)이거늘.

# 옴두르만의 아보드

사람들이 옴두르만의 아보드에게 물었다.

"젊은이로 남는 것과 늙은이로 되는 것, 어느 것이 더 낫습니까?"

옴두르만의 아보드가 대답했다.

"늙는다는 것은 뒤에 더 많은 허물을 남기고 앞에 더 적은 시간을 두는 것이다. 젊음이란 그 반대인데, 어느 쪽이 더 낫겠는지를 그대들이 판단하라."

"옛적의 참 사람[眞人]은 삶을 좋아할 줄 모르고 죽음을 싫어할 줄 몰랐다. 태어남을 기뻐하지 않았고 죽음을 마다하지 아니하여 무심(無心)으로 왔다가 무심으로 갔을 뿐이다… 이를 일컬어 제 마음으로 도를 버리지 아니하고[不以心捐道] 인위로 하늘을 돕지 아니한다[不以人助天] 하였다" (장자)
"이것이 좋다"는 말은 "저것이 나쁘다"는 말의 다른 표현일 따름. 중심(中心)에 선 사람한테는 호오[好惡]가 따로 없다.

# 아야미

하산이 아야미에게 물었다.

"어떻게 해서 이토록 높은 정신의 경지에 이르렀습니까?"

아야미 대답하기를,

"종이를 글자로 새까맣게 만듦으로써가 아니라 하늘의 맑은 묵상으로 마음을 하얗게 만듦으로써 일세."

문자(文字)는 말[言語]에서 나왔고 말은 침묵(沈默)에서 나온다.
"돌아감이 길의 움직임[反者道之動]"이라고 했다(노자).
길은, 그것이 참된 길이라면, 근원으로 돌아가는 것. 근원은,
그것을 색깔로 말하면 희다[素]고 할 수밖에 없다. 아무것도 없으니까.

# 쓰러져 있는 사람들

한 사람이 낙타를 타고 자르달루 곁을 지나다가, 사람들한테서 위대한 스승으로 떠받들리는 그 현자에게 큰 소리로 물었다.

"가르침이라는 것이 사람을 일으켜 세우는 것일진대, 저토록 많은 사람이 오히려 쓰러져 있는 상태로 발견되는 까닭은 무엇이오?"

자르달루는 고개도 들지 않고 이렇게 대답했다.

"만일 이 세상에 가르침(the Teaching)이라는 게 없었다면, 사람들은 쓰러져 있지 않겠지. 그 점은 나도 자네와 생각이 같아. 그들은 이미 멸종되었을 테니까."

 '가르침'이 있을 수 없는 곳은 아래 두 경우.
① 모든 사람이 멸종된 곳
② 모든 사람이 일어서 있는 곳.
천국(天國)에는 교회당이 없다, 교도소와 함께.

# 산기슭의 평범한 사람

어느 산기슭에 조용히 살고 있는 사람이 있었다. 그는 행동거지가 바르고 깨끗하였지만 여느 사람들은 그한테서 무슨 특별한 점을 찾아볼 수가 없었다. 그래도 뭔지 사람을 끌어당기는 기운이 있는데다가 친절하고 또 아는 바도 깊어서 많은 사람이 그를 찾아가 도움말을 듣고자 했다.

누가 찾아오든지 그는 도움말을 주었다. 예를 들면, 어떤 사람한테는 가게를 열라고 말해 주었고, 또 다른 사람한테는 뗏목을 엮는 방법을 배우라고 일러주었다. 그런가 하면 어떤 사람한테는 꽃 기르고 정원 가꾸는 방법을 배우라고 했다.

하루는 진리를 찾아 길을 떠난 사람들이 여행 도중에 잠시 쉬면서 서로 이야기를 나누게 되었다.

첫 번째 사람이 말했다.

"나는 어떤 사람한테서 뗏목 엮는 방법을 배우라는 말을 듣고 그대로 한 덕분에 방금 사나운 격류를 헤치고 일행을 모두 무사히 건너게 했지요."

두 번째 사람이 말했다.

"우리는 도중에 산적들한테 사로잡혔는데 내가 산적 두목에게 정원 가꾸는 기술을 가르쳐 준 대가로 풀려났지요. 이 모두가 어떤 사람한테서 가르침을 받고 그대로 한 덕분입니다. 그가 나에게 꽃과 정원 가꾸는 일을 배우라고 했거든요."

세 번째 사람이 말했다.

"어떤 사람이 나에게 일러준 대로 한 덕분에 우리 일행은 방금 사나운 들짐승의 발톱을 피할 수 있었습니다. 내가 평생에 무엇을 하면 좋겠느냐고 물었더니 그분은 '들짐승 다루는 법을 배우라'고 하셨지요."

그 자리에 모인 다른 사람들도 모두 같은 경험을 이야기했다. 그들은 지니고 있던 비망록을 꺼내서 서로 비교해 보고 나서, 사람이 살아가는데 필요한 일을 각자에게 그가 한 가지씩 일러주었건만 그 단순한 한 가지 일이 살아남는 데 얼마나 중요한 것인지는 미처 모르고 있었다는 사실을 알게 되었다.

그들의 여행을 안내하던 자가 말했다.

"만일 여러분이 그의 도움말을 듣고 그대로 하지 않았다면 지금 이 자리에 앉아 있지 못할 것임을 잊지 마십시오. 그의 도움말을 듣고 웃고 말거나 잊어버리는 사람들이 많은데 그것은 그의 도움말에 깊은 뜻이 숨어 있음을 몰랐기 때문입니다."

이윽고 여행의 목적지에 이르렀을 때 그들은, 지금까지 자기네를 안내한 안내자가 다른 사람 아닌 바로 그 산기슭에 살면서 도움말을 주었던 사람임을 알게 되었다. 안내자가 그들을 마침내 진리 앞에 이끌었을 때, 그리고 그 진리가 바로 안내자 자신이라는 사실을 깨달았을 때, 그들은 좀처럼 커다란 놀라움에서 벗어날 수가 없었다.

이윽고 정신을 차린 여행자 하나가 물어 보았다.

"당신이 바로 그 진리일진대, 어째서 처음부터 그렇게 말씀하시지 않으셨나요? 그랬더라면 이토록 고생스런 여행도 하지 않았을 텐데요?"

그러나 미처 이 말이 채 끝나기도 전에 그들은 — 이미 진리를 보았으므로 — 만일 지금까지 밟아 온 세 단계의 무대를 거치지 않았더라면 결코 진리를 알아 볼 수 없었으리라는 사실을 깨달았다. 그 세 단계란, 도움말을 듣고 그대로 하는 단계, 여행을 하면서 알고 있는 바를 실천하는 단계, 그리고 진리 자체를 알아보는 단계다. 그들이 모두 자기네 목적지에 이를 수 있었던 것은, 산기슭에 사는 그 평범한 사람의 도움말 속에 진리의 울림이 들어 있고 진실의 조각이 숨어 있음을 알 수 있었기 때문이다. 이렇게 해서 사람은 '절대 진리'를 깨달아 알게 되는 것이다.

부처가 어디 있는지를 알고자 하거든 자신의 일용동정(日用動靜)을 잘 살피라고 했다. 저 은하계 너머 알 수 없는 별을 휘돌아 감고 있는 '하늘'이, 아느냐? 바로 그대 코끝에 닿아 있음을.

# 늪과 술꾼

어느 날 마스라의 하산이 들려 준 이야기.

"하루는 술에 취해 늪지를 걸어가려는 사람을 보고 '늪에 빠지지 않도록 조심하시오. 거기는 진창이오' 하고 말했지.

그러자 그 술꾼이 대답하기를,

'하산, 만일 내가 빠진다면 나 하나 실종되고 말뿐이오. 내 걱정 말고 당신 걱정이나 하시오. 당신이 빠지면 당신 제자들도 함께 빠질 테니까!'"

그렇다면 시방 이 술꾼은 누구 걱정을 하고 있는 건가!? 말에 속지 말 것! 세상에 누군가의 제자 아닌 놈 있으며 누군가의 스승 아닌 자 있는가?

# 바스라의 하산

바스라의 하산이 말했다.

"나는 자신이 무척 겸손한 사람이라고 생각했다. 남에게 하는 행동이나 생각도 겸손하다고 스스로 생각했다. 하루는 강변에 나갔다가 거기서 웬 남자가 술병을 옆에 두고 여자와 마주 앉아 있는 것을 보았다.

나는 혼자서 생각했다.

'저 사람을 변화시켜서 저토록 타락한 모습이 아니라 나처럼만 만들 수 있다면 좋겠는데…….'

바로 그 순간 강물 위에 떠 있던 배 한 척이 가라앉기 시작했다. 그러자 그가 물에 뛰어들어 허우적거리는 일곱 사람 가운데 여섯을 건져 뭍으로 끌어 올렸다.

그러고 나서는 나에게 다가와 이렇게 말했다.

"하산, 그대가 나보다 훌륭한 사람이라면, 하느님의 이름으로 저 남은 한 사람을 살려내시게."

나는 그를 구할 능력이 없었다. 그래서 그는 빠져 죽었다.

그가 다시 나에게 말했다.

"여기 이 여자 분은 우리 어머니시다. 그리고 이 술병에 들어 있는 것은 맹물이다. 너의 판단이 겨우 이 정도요 너의 꼬락서니가 겨우 이 모양이구나."

나는 그의 발 앞에 몸을 던지고 부르짖었다.

　"저 여섯 사람을 살려내셨듯이, 저를 이 겸손을 가장한 교만에서 건져 주십시오."

　그때 낯선 분이 말했다. "하느님께서 그대의 소원을 이루어 주시도록 기도하겠네."

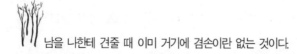

남을 나한테 견줄 때 이미 거기에 겸손이란 없는 것이다.

# 무우

페즈의 수피 압둘라림은 사람을 가르치기를 거절하였다. 그러나 때때로 사람들에게 진리로 나가는 길에 대하여 도움말을 주곤 했다.

하루는 정기적으로 신비주의 의식(儀式)에 참석하여 정신 상태가 약간 수상해진 제자가 그를 찾아 와 물었다.

"어떻게 하면 현자들의 가르침을 받고 그 가르침에서 최고의 유익을 얻을 수 있겠습니까?"

수피가 대답했다.

"자네 능력에 딱 들어맞는 틀림없는 방법을 말해 줄 수 있어서 내 마음이 기쁘이."

"그것이 무엇입니까? 어서 말씀해 주십시오."

"간단하네. 귀를 틀어막고 무우에 대하여 생각하게."

"강의를 듣기 전에 할까요? 아니면 들으면서 할까요? 그것도 아니면 들은 다음에 할까요?"

"강의를 듣는  대신에  하게."

소화 기능에 탈이 난 자에게는 기름진 음식일수록 해롭다. 음식을 넣기 전에 우선 창자부터 비울 일이다.

# 큰 그릇

한 사람이 수피 현자에게, 자기가 한 이야기를 어떤 사람은 이렇게 해석하고 또 어떤 사람은 저렇게 해석한다고 불평을 늘어놓았다. 수피가 대답했다.

'바로 그것이 이야기의 생명이외다. 당신은 아마도 우유는 담아마실 수 있지만 물은 담아 마실 수 없는 컵이나, 고기는 담을 수있지만 채소는 담을 수 없는 접시를 생각해 본 적도 없을 것이오. 컵이나 접시 따위는 오히려 작은 그릇이지요. 영양을 공급하기로 말하면 사람의 말[言語] 만큼 큰 그릇이 어디 있겠소?'

동시에, 참 스승의 가르침은 언제나 이랬다저랬다 한다.
왜냐하면 그는 녹음기가 아니기 때문이다.

# 여러 가지 방식

파르타우가 라스트구에게 물었다. "도대체 수피 촌장들이 그렇게 여러 가지 방식으로 일을 하는 까닭은 무엇입니까?"

라스트구가 대답했다.

"어떤 학생이 생각하기를, 단순히 기억을 하거나 육체 운동을 하거나 호흡 수련을 하거나 아니면 어떤 현자와 함께 생활함으로써 모든 것을 다 배울 수 있다고 생각한다면, 그런 학생은 결코 학생이 아니네. 어떤 선생이 생각하기를, 학생들을 자기의 방식대로만 수업을 받거나 일정한 의식에만 참석하게 함으로써 '가르침'을 전해 줄 수 있다고 생각한다면, 그런 선생은 참으로 어리석은 자일세.

현자의 길을 배우고자 한다면, 인간이란 일상 세계에서 여러 가지 일상의 일을 하는 가운데 무엇인가 배우게끔 돼 있다는 사실을 늘 잊지 말아야 하네. 어떤 학생이 낮은 것을 가르치는데 사용되는 서너 가지 방법으로 더 높은 것을 배우겠다고 마음먹는다면 그것은 그가 아직 참된 학생이 되지 못했음을 보여주는 것이라네. 또 그런 식으로 학생을 가르치겠다는 선생이 있다면 그는 선생이 아니라 원숭이 조련사일 뿐이지."

달 하나가 떠서 즈믄 강에 새겨졌다[月印於千江].
그렇다면 천개(千個)의 달이라 할 수 있는가?

# 안전장치

누가 피로즈에게 물었다.

"사람들은 슬기로운 사람을 직접 만나거나 그가 쓴 책을 보면서 인생의 참 뜻을 배우고 싶은 욕망을 품게 됩니다. 그런데 아무리 가르쳐 봐야 도무지 깨달을 수 없는 자들이나 인생의 아름다움, 중요함 따위를 알 수 없는 그런 자들의 마음에 배우겠다는 욕심만 잔뜩 부풀게 하는 것은 오히려 해가 되지 않을까요?"

피로즈가 대답했다.

"게걸스런 자가 달콤한 물을 보면 마음이 동하겠지. 그러나 그렇다고 해서 달콤한 물이 쓴 물로 되는 건 아니네. 잘 익은 살구를 보고 침을 흘리는 자들은 있게 마련이야. 그러나 만일 그들이 살구를 훔친다면 그들이 벌을 받을 것이고 욕심 사납게 마구 뱃속에 긁어 넣는다면 배탈이 나겠지. 살구나무 주인이 배탈 날 일은 없네."

그가 다시 물었다.

"그렇지만 목마른 자를 위하여 물을 조금만 주고, 그래서 아무런 해도 입지 않도록 할 수 있지 않겠습니까?"

피로즈가 대답했다.

"목이 말라 미칠 지경이 된 사람에게 지나치게 마셔서 죽어 버리는 일이 없도록 어떤 친절한 사람이 잘 타일러 주는 그런 경우도 있겠지만, 자네도 알다시피, 목마른 자가 우물에 다가올 때 그를 잘 타일러 줄 사람이 없을 때도 있네.

또 어떤 친절한 사람이 우물곁에 있다가  '조심해서 마시게'  하고 타일러 줘도 목이 말라 미쳐 버린 사람은 오히려 그를 밀쳐 버리고 무슨 원수처럼 여길 수도 있지."

다시 그가 물었다.

"사람이 그런 지경에 빠지지 않도록 해줄 무슨 안전장치 같은 건 없겠습니까?"

피로즈가 대답했다.

"인생살이에서 어리석은 바보로 말미암아 잘못 사용되거나 낭비될 위험이 없는 그런 것을 알거든 나에게 말해 주게. 내 평생을 바쳐 그 일에 매달려 보겠네. 그럴 수 없거든, 너무 늦기 전에, 안내자가 있는 것은 길이 험하기 때문이라는 사실을 배워 두게. 만일 자네가 숨을 내쉬지 않고 호흡할 수 있거나 밝은 날을 만나지 않고 잠자리에서 깨어날 수 있기를 바란다면, 그런다면 자네는 진리를 찾는 사람(Seeker)이 아니라 겉만 번지르르한 도락가(道樂家)요 위선자일 따름일세. 쥐뿔도 못되는 주제에 스스로 뭐나 되는 듯이 여기고 앉아 있는 것은 진리를 찾아 자기를 바치고 곧장 나아가는 것과는 정반대니까."

구더기 무서워 장 못 담그랴?
성경(the Bible)은 사탄도 즐겨 인용하는 책이다.

# 기름과 물과 심지

모든 종류의 사상 체계를 비교 연구하는 일에 재미를 붙인 어떤 사람이 한 탁발승(메카의 압둘 아지즈라고 함)에게 편지를 써서, 다른 사람들의 사상과 비교해 볼 수 있도록 자신의 사상 체계를 설명해 달라고 했다.

이에 그 탁발승은 기름과 물을 담은 병을 무명 심지와 함께 보내면서 포장지 안에 이렇게 썼다.

"친구여, 이 심지를 기름에 담근다면 불을 붙여 빛을 밝힐 수 있을 것이오. 기름을 쏟아 버리고 심지를 물에다가 담근다면 빛을 얻지 못할 것이오. 기름과 물을 마구 흔들어 섞어 놓고 거기에 심지를 담근다면 불꽃이 탁탁 튀다가 꺼지고 말겠지요. 수고스럽게 따로 논문을 쓰고 방문을 하면서까지 이런 실험을 할 필요가 어디 있겠소? 이렇게 물과 기름과 심지만 있어도 간단히 알 수 있는 것을."

"신학(神學)에 입문(入門)하는 길은 세 가지가 있다.
① 신(神)이 없다는 전제에서 출발하는 길.
② 신(神)이 있다는 전제에서 출발하는 길.
③ 신(神)은 있느냐 없느냐, 라는 질문에서 출발하는 길.
①과 ②는 신학자로 될 가능성이 있지만
③은 결코 신학자가 될 수 없다" (P. Tillich)
부자가 천국에 가기란 낙타가 바늘구멍 빠져나가기보다 더 어렵다. 비교종교학자가 신앙을 품기란 부자가 천국 가기보다 아마도 더 어려울 것이다.

# 메카에서

유나이드는 언젠가 메카에서 만난 이발사 이야기를 들려주었다. 그 이발사는 마침 어느 부자(富者)를 면도하는 중이었다. 뜨내기 탁발승인 유나이드가 면도를 좀 해 달라고 부탁하자 이발사는 군말 없이 돈 많은 손님을 내버려두고 와서 면도를 해 주었다. 그러고는 이발 요금을 받는 대신 오히려 돈을 몇 푼 주었다.

유나이드는 속으로, 그날에 동냥하여 얻는 것이 있으면 그것이 무엇이든 몽땅 이발사에게 주어야겠다고 마음먹었다.

얼마 안 있어 웬 사람이 그에게 다가오더니 황금 한 자루를 주고 갔다. 유나이드는 서둘러 이발소로 가서 황금 자루를 내놓았다.

그러자 이발사는 이렇게 말했다.

"하느님을 위해서 한 일에 대가를 지불하려 하다니, 당신은 부끄럽지도 않소?"

"네가 점심이나 만찬을 베풀 때에… 부유한 이웃 사람들을 부르지 말아라. 네가 그러한 사람들을 초대하면 그들도 너를 도로 초대하여 네게 되갚아, 은공이 없어질 것이다. 잔치를 베풀 때에는 가난한 사람들과 지체장애자들과 다리 저는 사람들과 눈 먼 사람들을 불러라. 그러면 네가 복될 것이다. 그들이 네게 갚을 수 없기 때문이다. 의인(義人)들이 부활한 때에, 하나님께서 네게 갚아 주실 것이다"(누가복음 14:12-14).

# 할콰비

사람들이 할콰비에게 물었다.

"선생님께서는 한평생 만나는 사람들을 어떻게 대하셨는지요?"

할콰비가 대답했다.

"나는 언제나 나를 낮추고 겸손한 태도로 사람들을 대했습니다. 나의 겸손한 태도 앞에서 우쭐거리고 몸에 힘을 주는 사람은 될 수 있는 대로 피했고, 나의 겸손해 보이는 겉모습에 존경심을 나타내는 사람한테서는 잽싸게 도망쳤지요."

나의 겸손한 태도에 대하여 우쭐거리고 몸에 힘주는 사람은, 나보다 더 비천한 인간이다. 그러니 그를 어찌 감당할 수 있으랴?

나의 겸손한 태도에 대하여 존경심을 보이는 사람은, 독(毒)있는 함정이다. 어찌 잽싸게 도망치지 않을 수 있으랴!

# 카즈위니의 여행

쓸모 있는 일을 하는 쓸모 있는 사람은, 쓸모없는 놈이라는 말을 들어도 화를 내지 않는다. 그러나 제 딴에는 뭔가 아주 괜찮은 일을 한다고 스스로 생각하는 쓸모없는 인간은 쓸모없는 놈이라는 말을 듣게 될 경우 걷잡을 수 없이 화를 낸다.

카즈위니가 말했다.

"나는 아주 진지한 수피들을 방문했지. 그들은 주문(呪文)을 외기도 하고 음악을 연주하기도 했어. 또 나는 저명인사들의 강의를 들었고 스승들의 축제에 참여하기도 했네."

이렇게 말한 후 잠시 뒤 카즈위니는 이어 말하기를

"나는 누더기를 걸치고 문전걸식을 했어. 그리고 금식기도와 자선을 게을리 하지 않았지. 나는 또 복잡하고도 긴 연도(連禱)를 익혔고 고요한 묵상에 잠겼네. 어디 그뿐인가. 나는 속에서 끓어오르는 흥분을 억제하는 능력도 습득했어. 그것만이 아니네. 나는 나의 '나' 를 지워버리는 방법과 깨끗해진 그것을 다시 살려내는 방법을 배웠지.

그리고는 마침내 시험관(the Master)을 만났네. 시험관이 나에게 말했어. '너는 무엇을 찾고 있느냐?'

내가 대답했지. '스승(the Master)을 찾습니다.'

그러자 시험관이 말했네.  '네가 만일 다른 행동을 원했다면 그것을 주었을 텐데, 네가 진리(the Truth)를 원하고 있으니 내가 너를 진리한테로 이끌겠다.'

그가 나를 스승에게 데리고 갔지. 스승이 나에게, 내가 그 동안 배운 모든 거죽에 드러나 보이는 것들(all the out ward-ness)이 진짜로 무엇을 뜻하는지, 그것을 가르쳐 주었네.

내가 세상에 돌아왔을 때, 아무도 내 말을 들으려 하지 않았어. 그리고 그 드러나 보이는 것들은 계속되고 있다네. 스승이 나에게 예고해 주셨듯이, 그 모든 드러나 보이는 것들은 시간이 다할 때까지 계속되겠지."

거죽으로 드러나 보이는 것들[現象]에 속는 사람이 많다. 그것들의 진짜 의미(내용)에 대해서는 아무도 귀를 기울이지 않는 세상. 여기 이렇게 겉으로 드러나 보이는 '나'는 누구의, 또는 무엇의 현상(이미지)인가?

"높은 덕(德)은 덕이 없어서 덕이 있고 낮은 덕은 덕을 잃지 않아서 덕이 없다[上德不德 是以有德 下德不失德 是以無德. 노자].

# 공분모

　상당히 높은 경지에 오른 스승이 있었는데 농부였다. 그는 많은 책을 썼고 또 강연도 많이 했다. 하루는 그의 책을 모두 읽은 사람이 스스로 구도자가 되기로 마음먹고 농부를 찾아왔다.

　"선생님이 쓰신 책을 모두 읽었는데 어떤 것은 동감이 가지만 어떤 것은 동의할 수가 없었어요. 또 어떤 부분은 알겠는데 다른 부분은 모르겠더군요."

　농부는 그를 데리고 농장으로 갔다.

　"나는 농부요 먹을거리를 만드는 사람일세. 저 당근과 사과가 보이나? 어떤 사람은 당근을 좋아하고 또 어떤 사람은 사과를 좋아하지. 저 가축들이 보이나? 암탉을 좋아하는 사람도 있고 염소를 좋아하는 사람도 있지. 저 모든 것들의 공분모(公分母)는 좋으냐 싫으냐가 아니라 '먹을거리'라는 점이야."

사람이 죽을 때까지 날마다 밤마다 숨을 쉬지만 온 세상 산소를 다 마실 수는 없다. 잔칫상이 부려져도 술 한 잔 고기 한 점이면 족(足)하다.

# 기억나게 해 주마

하루는 대도(大盜) 라티프가 잠복을 하고 있다가 왕실 경비대의 장교 하나를 사로잡아 동굴로 끌고 갔다.

성이 머리끝까지 오른 장교에게 라티프가 말했다.

"이제부터 내가 자네에게 무슨 말을 해줄 터인데 자네는 아무리 애를 써도 내가 일러준 말을 잊을 수 없을 걸세."

그리고는 포로의 옷을 모두 벗겼다. 옷을 벗긴 다음, 나귀의 등에 둘러앉히고 밧줄로 묶었다.

장교가 이를 갈며 말했다.

"네놈이 나를 멍텅구리로 만들 수는 있겠지만, 네놈 말대로 내 머릿속에다 무엇을 집어넣을 수는 결코 없을 것이다!"

라티프가 대답했다.

"이제 나귀를 풀어 주지. 그러면 이 나귀가 자네를 마을로 모셔 갈 것일세. 떠나기 전에, 내가 자네 머릿속에 넣어 주겠다던 말을 듣게. 무슨 말인고 하니, ´얼마의 세월과 경비가 들더라도 내 반드시 라티프 이 도적놈을 잡아서 죽이고 말리라´는 한 마디일세."


우리 모두 아무리 애를 써도 잊을 수 없는 말 한 마디씩 지니고 있지.
"너는 세상에 태어났기 때문에 반드시 죽는다."

# 이맘이 울면서 말하기를

한 사람이 이맘 자이눌라비딘을 찾아 와서 말했다.

"선생님이야말로 저의 인도자요 스승이십니다. 제발 선생님을 따라서 배울 수 있도록 허락해 주십시오."

이맘이 그에게 물었다.

"어째서 내가 당신의 인도자요 스승이라는 거요?"

그가 대답하기를,

"한평생 스승을 찾아 헤매었습니다만, 선생님만큼 친절하고 다정하며 착하신 용모로 명망이 높으신 분을 뵙지 못했습니다."

이에 이맘은 울면서 말했다.

"여보시오. 인간이란 참으로 나약하고 위태로운 물건이군요! 그대가 나한테서 들었다는 그 명망이나 행동 따위는 이 세상의 가장 사악한 자들도 함께 갖추고 있는 것들이오. 만일 모든 사람을 그 용모로 판단한다면 악마가 성인으로 떠받들리고 가장 뛰어난 사람이 인류의 적으로 몰릴 것이와다."

거듭 말하거니와, 겉모습에 속지 말라! 불취어상(不取於相).
믿음이란 눈에 보이지 않는 것을 보는 것이다.

# 자랑스런 과거, 쓸모없는 과거

한 사람이 바하우딘 샤아에게 와서 말했다.

"나는 처음에 이 스승을 따르다가 뒤에 저 스승을 따랐습니다. 또 이 책을 읽다가 저 책을 읽었지요. 아직까지는 선생님과 선생님의 가르침에 관해서 아는 것이 없습니다만 지금까지 쌓아온 경험이 결국은 선생님한테서 뭔가 배울 수 있도록 저 자신을 준비시켜 온 것 같습니다."

샤아가 대답하기를, "자네가 지난날에 배운 그 어떤 것도 여기 있는 자네를 도울 수 없을 걸세. 우리와 함께 이곳에 머물 생각이 있다면 자네의 지난날에 대하여 지니고 있는 모든 자만심을 버려야 아네."

그 사람이 큰 소리로 말했다.

"말씀을 듣고 보니 선생님이야말로 진짜 위대하신 스승이십니다! 저는 아직까지, 과거에 공부한 것을 모두 버려야한다고 말씀하시는 분을 만나 뵌 적이 없거든요!"

바하우딘이 다시 말하기를, "자네의 바로 그 생각이 쓸모없는 것일세! 그토록 열렬하게 나를 스승으로 모시면서 자기도 모르게 자네는 지금 자신에게 부족한 것이 무엇인지를 깨달았다고 스스로 흐뭇해하고 있는 거야. 자네는 지금 이렇게 말하고 있는 중이네. '위대한 스승 바하우딘을 알아보았으니 나도 이 정도면 꽤 괜찮은 인간이 아닌가?'"

자신에 대한 절망 또한 자만심의 열매다.

# 조심성 없는 왕

유명한 수피들을 많이 길러 낸 스승으로 세상에 알려진 샤아 피로즈는 살아 있는 동안, 왜 제자들을 좀 더 속성(速性)으로 가르치지 않았느냐는 질문을 가끔 받았다.

그의 대답은 이러했다.

"가장 열심스런 제자라도, 어느 만큼의 깨달음을 얻기까지는, 도무지 무엇을 가르칠 만한 대상이 되지 못했기 때문이오. 몸은 여기 있지만 언제나 마음은 다른데 가 있으니까요."

이어서 그는 다음과 같은 이야기를 들려주었다.

스스로 수피가 되기를 원한 왕이 있었다. 이 일을 어느 수피에게 의논하자 그 수피가 왕에게 말했다.

"전하, 전하께서 '조심성 없음'(heedlessness)이라는 것을 스스로 극복하시기 전에는 경(經)을 공부할 수 없습니다."

왕이 물었다.

"조심성 없음이라! 내가 얼마나 종교행사를 조심스럽게 치르는지는 모두 알고 있지 않소? 내가 사람들을 돌보지 않던가요? 이 나라에서 왕에게 조심성이 없다고 불평하는 사람이 있거든 나와 보라고 하시오."

수피가 말했다.

"그건 다른 문제올시다. 일에 따라서는 누구나 다 조심하니까요.

사람들은 모두 자기가 조심성 있는 기질을 타고났다고 생각하지
요."

왕이 대꾸하기를,

"도대체 무슨 말인지 못 알아듣겠소. 당신은 지금 내가 당신의
수수께끼를 풀지 못한다 해서 경을 배울 자격이 없다고 보는 거
요?"

수피가 대답했다.

"천만에 말씀입니다. 그렇지만 장차 제자가 되고자 하는 자는 장
차 스승으로 모실 분과 논쟁을 해서는 안 되는 법이지요. 수피는
논쟁이 아니라 지식을 구하는 사람들이니까요. 그렇긴 합니다만 만
일 제가 하시라는 대로 하신다면 전하께서 얼마나 조심성이 없는
분이신 지를 입증해 드리겠습니다."

왕이 허락하자 수피가 왕에게, 앞으로 몇 분 동안만 자기가 무슨
말을 하더라도 무조건 "네 말이 옳다" 고 대답할 수 있겠느냐고 물
었다.

"겨우 그것이 입학시험이라면 수피가 되는 것도 그리 어려운 일
은 아니군!"

바야흐로 수피가 말을 시작했다.

"나는 하늘 저 너머에서 온 사람입니다."

"네 말이 옳다."

"보통 사람들은 더 많은 지식을 얻으려고 하지만 수피는 너무 많

은 지식이 있어서 오히려 그 지식을 활용하지 않으려고 합니다."

"네 말이 옳다."

"나는 거짓말쟁이올시다."

"네 말이 옳다."

"전하가 태어날 때 나도 그 자리에 있었지요."

"네 말이 옳다."

"전하의 아버지는 농부였습니다."

"거짓말 마라!"

수피가 그를 슬픈 눈으로 쳐다보며 말했다.

"겨우 1분도 지나지 못해서 스스로 한 약속을 깨뜨렸군요. 그렇게 조심성이 없는 전하인데 어느 수피가 무엇을 가르쳐 드릴 수 있겠습니까?"

나 아닌 남에 대한 이야기라면 얼마든지 넉넉하고 또 객관적이 될 수도 있다. 그러나 그 이야기가 '나'를 건드린다면? 조심성이 있느냐 없느냐는 시방 문제가 아니다.

# 지배하는 것과 지배받는 것

누가 한 탁발승에게 물었다.

"지배자가 되는 것하고 지배를 받는 것하고 어느 쪽이 더 낫습니까?"

탁발승이 대답했다.

"지배를 받는 쪽이오. 지배를 받는 사람은 지배자한테서 끊임없이 잘못을 지적받게 돼 있지요. 그가 과연 잘못했든지 안했든지 간에. 그래서 그는 자신을 닦아 나갈 기회를 얻게 되는 것이오. 왜냐하면 진짜로 잘못을 범했을 수도 있으니까.

그런데 지배자는 반대로 언제나 자신이 옳다고만 생각합니다. 그러니 자신의 행실을 돌아볼 기회를 거의 갖지 못하지요. 바로 이것이 지배받던 자가 지배자로 올라서고 지배자가 지배받는 자리로 내려서게 되는 까닭이오."

질문자가 다시 물었다.

"그렇다면 지배받는 자들을 끌어올리고 지배자를 끌어내리는 일에 손을 댈 이유가 없잖아요? 결국 엎칠락 뒤치락이 되풀이 될 뿐인데."

탁발승이 대답했다.

"그렇게 함으로써 지배자들은 남을 지배하는 일에 어떤 폐해를 남기는지 알게 되고 지배를 당하는 자들은 자신이 선한지 또는 마찬가지로 악한자를 알게 되지요."

다시 질문자가 묻기를,

"그렇지만 지배자가 지배받는 자로 내려오고 지배받던 자가 지배 자로 올라서는 일이 수십 년 세월이 걸려서야 이루어진다면 한 인 간이 무슨 이득을 얻어낼 수 있단 말입니까?"

탁발승의 대답.

"수십 년씩 걸리는 일이 아니지요. 그 일은 한 사람의 생애에서 도 여러 번 일어나니까요. 수십 년이 걸려서 일어나는 큰 사건은 당신한테서 일어나는 같은 사건의 한 실례(實例)일 뿐입니다."

세 사람이 길을 걸으면 반드시 나를 가르칠 스승이 있다[三人行, 必有我 師]라고 했다(공자). 그러나 이 말은 보편적 진리가 아니라 모든 것에서 배울 수 있을 만큼 자기를 열어놓은 '제자'한테만 적용되는 진리다. 제 귀를 막고 눈 을 감은 자한테는 태양(太陽)도 암흑이다. 공자도, 소인배가 나라를 다스리면 아 무리 뛰어난 사람이 나서도 어쩔 수 없다고 하셨다(大學).

# 세 나그네가 동전을 주워서

옛날에 세 나그네가 함께 여행을 하다가 길에서 동전 하나를 주웠다. 그들은 그 동전으로 무엇을 살 것인지 의논을 했다.

첫 번째 사람이 말했다.

"달콤한 것을 먹고 싶군."

두 번째 사람이 말했다.

"아니야. 나는 새콤한 것을 먹고 싶어."

마지막으로 세 번째 사람이 말했다.

"나는 목을 적셔 줄 시원한 것이 먹고 싶네."

마침 한 현자가 지나가는 것을 보고 그들은 현자에게 어떻게 했으면 좋겠느냐고 물었다.

"셋이 모두 다른 것을 원하고 있으니 어떻게 하면 좋겠습니까? 누구 말을 좇을 것인지 좀 일러주십시오."

현자가 말했다.

"세 사람의 소원을 모두 들어 드리겠소. 나를 따라 오시오."

현자는 그들을 데리고 가까운 가게로 가서 잘 익은 포도를 샀다. 그리고 그것을 나눠주자,

첫 번째 사람이 말했다.

"내가 바라던 달콤한 것이로군."

두 번째 사람도 말했다.

"내가 바라던 새콤한 것이로군."

세 번째 사람도 말했다.

"내 목을 적셔 줄 시원한 것이로군."

하느님은 한 물건을 모든 각도에서 동시에 볼 수 있는 분이라고 말한 이가 있었다. 만일 우리가 하느님처럼 한 물건의 여러 맛을 동시에 '볼' 수 있다면 훨씬 덜 싸우게 되겠지. 어쩌면 전혀 싸울 일이 없을는지도 몰라. 너한테서 나를 볼 테니까. 현명한 돌고래는 '태평양'과 '인도양' 문제로 다투지 않는다.

# 심술 고약한 마누라

열심히 수련을 쌓아 해가 갈수록 명성이 높아지는 탁발승이 있었다.

하루는 그가 결혼을 하기로 마음먹었다. 그런데 하필이면 성격이 대단히 고약한 여자를 그것도 아주 먼 곳에서 데리고 와, 그를 아는 모든 사람을 놀라게 했다.

얼마 지나지 않아 한 뜨내기가 그를 방문했는데, 성자처럼 생긴 주인이 어리석은 여자한테 끊임없이 간섭받고 구박받는 것을 보고는 호기심이 일어나는 것을 막을 수 없었다.

이윽고 뜨내기가 주인에게 까닭을 물었다.

탁발승 대답이,

"형제여, 명백한 것을 넘어서 뚫고 들어가 살펴보면 많은 것들이 더 분명해지지요. 내 아내의 수다스러움은, 그때마다, 나를 건방진 놈이 되지 못하도록 잘 막아 준답니다. 아내가 없다면 아마도 나는 스스로 현자입네 기고만장할 겁니다. 게다가 아내한테도, 자기 성격을 나의 성격과 대조해 봄으로써, 자신의 거친 성질을 좀 누그러뜨리고 그래서 천상의 복을 쌓는 기회가 늘 마련돼 있는 셈이지요."

'이 현명한 사람을 본받아야겠군.' 하고 뜨내기는 생각했다. 그는 탁발승의 해명에 큰 감명을 받아 고향에 돌아오는 길로 일부러 심술 사납고 입버릇 상스러운 여자를 골라 장가를 들었다.

그의 아내는 남편의 친구, 친척, 제자들이 있는 앞에서 마구 남편을 헐뜯어댔다. 그래도 그는 아내를 온순하게 대했는데 남편이 온순하게 대했기 때문에 아내는 더욱 거칠어졌고 마침내 남편을 우습게 보고는 조롱하게까지 되었다.

얼마 지나지 않아 그의 아내는 드디어 스스로 미쳐버렸다. 닥치는 대로 아무한테나 싸움을 걸다가 어느 날 자기보다 더 우악스런 여자를 만나 그만 맞아 죽고 말았다.

홀아비가 된 뜨내기는 다시 길을 떠나 정처 없이 돌아다니다가 옛날의 탁발승을 우연히 만나게 되었다. 지난 이야기를 모두 듣고 나서 탁발승이 말했다.

"형제여, 그대가 만일 내 말을 듣고 그대로 하고자 성급하게 달려가는 대신 나에게 물어 보았다면 말해 줬을 것이오. 모든 사람이 다 그렇게 할 수 있고 또 해야 하는 것은 아니라고…… 그리고 그대의 경우에는 어떻게 그런 수련을 할 수 있을 것인지도…… 그대는 자신에게 좋은 일을 하려다가 남에게 못할 짓을 하고 말았구려."

사람이 일층 계단을 밟지 않고 삼층 마루에 설 수는 없는 일이다. 요즘은 기독교 불교 할 것 없이 계(戒)도 없는 놈들이 파계(破戒)한다고 설쳐댄다. 꼴불견인 것까지는 좋다. 그 바람에 애먼 사람까지 골탕을 먹는구나. 이 일을 어찌 할꼬?

# 이맘 바퀴르의 이야기

이맘 무하메드 바퀴르는 가끔 다음과 같은 이야기를 들려주었다.

"어느 날 나는 벌의 말을 할 수 있게 되어서 그중 한 놈에게 이렇게 물어 보았지.   하느님은 어떻게 생기셨나? 그분은 벌처럼 생겼나?"

"그가 대답하기를,  하느님이라? 천만에 말씀! 우리한테는 침이 한 개 밖에 없지만 하느님한테는 두 개나 있다네.'"

인간의 말로도 벌레의 말로도, 말 가지고는 설명될 수 없기에, 그래서 하느님이다. 설명될 수 있는 하느님은 하느님이 아니다. 말로 표현되는 길은 참 길이 아니다[道可道非常道].

# 하지 벡타쉬 왈리

진리에 이르는 길이 어째서 저마다 다르냐는 질문을 받고 벡타쉬는 이렇게 대답했다.

"과녁에 활 쏘는 일을 생각해 보게. 우선 화살이 있어야 하고 과녁이 있어야 하며 또 활 쏘는 사람도 있어야겠지. 이것들이 활 쏘는 일을 가능케 하는 요소일세. 일컬어 '학교'라고 부르는 것이지.

그렇지만 만일 어느 물건으로 다른 물건을 맞히는 것이 목적이라면 거기에는 수 백 가지 방법이 있을 걸세. 누가 만일, 활을 쏘는 것만이 물건으로 물건 맞히는 유일한 길이라고 주장한다면 그는 천박한 인간이 아닐 수 없지. 진리에 이르는 길이 이와 같다네. 이 사실을 깨달아 알고자, 자네는 공부를 하는 것이고."

그러자 질문자가 다시 물었다.

"그 가운데 어떤 것이 우리가 가야 할 길인지 어떻게 알 수 있습니까?"

벡타쉬가 대답했다.

"자네에게 가장 적합한 방법을 자네 스스로 찾아낼 수 있으리라고 속삭이는 자는 자네가 좋아하는 것이 곧 자네에게 필요한 것이라고 속삭이는 자와 같다네. 어느 인간도 자기의 길을 스스로 찾지는 못할 것일세. 그에게는 주변상황을 정돈해 줄 사람 ─ 화살과 과녁의 비유에서처럼, 두 표상(表象)을 발견하고 그것들을 일직선상에 놓아 마침내 서로 '충돌하게' 해 줄 사람이 필요하다네."

현명하신 설명이다. 유감없음.

# 마지막 보석

사업에 타고난 재능이 있어서 많은 재물을 모은 수피가 살고 있었다. 그를 만나본 한 사람이 어마어마한 부(富)에 기가 질려서 사람들에게 떠들어댔다.

"나는 그렇게 엄청난 재물을 모은 수피는 처음 보았다. 아주 보석에 파묻혀 있더라."

이 말이 돌고 돌아 수피의 귀에 들어갔다. 그가 말했다.

"나한테 가지각색 보석이 있는 건 사실이지만 모두 다 갖추고 있는 건 아니었다. 그런데 그가 나를 찾아왔을 때, 드디어 마지막 보석 하나를 얻었지."

그 마지막 보석 하나가 무엇이냐고 사람들이 물었다.

"나를 보고 샘이 나서 어쩔 줄을 모르는 인간!"


가난하면서 넉넉하기도 어렵지만 부유하면서 (마음이) 가난하기도 쉽지는 않다. 깨달은 이라면 가난하면서 넉넉할 줄 알고 부유하면서 가난할 줄 알 것이다.

"나는 비천하게 살 줄도 알고 풍족하게 살 줄도 압니다. 배부르거나 굶주리거나… 그 어떤 경우에도 적응할 수 있는 비결을 배웠습니다"(빌 4: 12).

# 술탄 말하기를

술탄이 말했다.

"네가 기도할 때 기도한 사실에 스스로 만족이 느껴진다면 차라리 기도하지 않느니만 못하다. 자신의 기도가 흐뭇하게 느껴지거든 진짜로 자신을 낮추는 것이 어떤 것인지 깨닫게 될 때까지 기도를 중단하라."

남보다 더 오래 길게 기도하는 것이 그의 신심(信心)에 보탬될 것은 하나도 없다. 그래서 예수 이르시기를, 골방에 들어가 문을 닫고 기도하라셨다. 기도는 하느님께서 들으시는 것. 제 기도를 제가 들었으니 흐뭇하게 느껴졌을 터인즉 그것은 하느님의 것을 훔친 것과 같다. 차라리 기도하지 않는 게 백 번 낫지. 그래도, 기도는 해야 한다. 그래서 술탄 말하기를, 기도를… 하지 말라고 하지 않고… 까지 중단하라고 했다. 먼저 자기를 낮추는 것부터 배우라, 고

# 터키스탄의 세 사람

터키스탄 사람 셋이서 허풍쟁이 바보를 스승으로 모셨다. 이 가짜 스승은 제자들에게 단지 페르시아 말을 세 마디 가르쳤을 뿐이다.

"우리, 모른다, 행복."

그들은 이 세 마디 말을 배운 뒤, 온갖 지혜의 저장소라 할 수 있는 거룩한 사원을 찾아 곧장 길을 떠났다.

그런데 코라산에 이르렀을 때 그들은 길바닥에 한 사람이 쓰러져 죽어 있는 것을 보았다. 그들은 시체를 빙 둘러싸고 한참 동안 내려다보았다. 그러는데 코라산 사람들이 다가와서 물었다.

"누가 이 사람을 죽였나?"

첫 번째 제자가 알고 있는 유일한 페르시아 말로 대답했다.

"우리!"

그들은 바로 체포되었다. 재판관이 물었다.

"왜 시체 둘레에 서 있었나?"

두 번째 제자가 대답했다.

"모른다!"

"거짓말 마라."

재판관이 다시 물었다.

"사람을 죽였을 때 느낌이 어떠했는가?"

세 번째 제자가 대답했다.

"행복!"

코라산 사람들이 모두 어리둥절해서 수군거렸다.

"이 자들은 인간이 아니라 괴물인 게 틀림없어."

재판관이 물었다.

"왜 사람을 죽였나?"

셋이서 함께 큰소리로 대답했다.

"우리, 모른다, 행복!"

"이 자들은 구제불능의 살인마들이다."

재판관은 판결을 내리고 그들을 교수형에 처했다.

허풍쟁이 바보를 스승으로 모셨으니 죽을 수밖에. 차라리 아무것도 배우지 않았더라면 좋았을 것. 세상에는 '아는 것이 힘'이 되는 수도 있지만 아는 것이 독(毒)으로 되는 수도 있다. 반 지식(半知識)은 반 생명(反生命)이다.

# 느 낌

누군가 우와이스에게 물었다.

"기분이 어떠시오?"

우와이스가 대답하기를,

"아침에 일어나긴 했지만 저녁때까지 살는지 잘 모르겠다는 느낌이오."

"그건 누구나 다 그런 게 아니오?"

"그렇소. 그러나 모두 다 그걸 '느끼는' 건 아니지!"

죽은 자에게는 감각이 없다.
저 거리에 가득 한 인파가 모두 살아 있는 건 아니다.

# 빛의 나라에서 온 왕자와 공주

옛날부터 전해져 내려오는 이야기가 있는데, 지혜의 정도에 따라 해석이 달라지곤 했다. 그 이야기는 이런 것이다.

아주 멀고 먼 빛의 나라에 한 왕이 왕비와 왕자 그리고 공주를 데리고 살았다. 그 나라에는 모자람이라는 게 없었고 네 식구는 참 행복했다.

하루는 왕이 왕자와 공주를 불러 놓고 말했다.

"이제 너희가 저 멀고 먼 아래 세상으로 내려갈 때가 되었다. 너희는 그곳에 가서 이 세상에서 제일 값진 보물을 찾아내어 이리로 가지고 와야 한다."

오누이는 변장을 하고 낯선 땅에 이르렀다. 그곳 사람들은 모두 그늘진 곳에서 어둡게 살아가고 있었다. 그 분위기에 젖어서 오누이는 그만 잡았던 손을 놓고 서로 떨어져 꿈속인 양 이리저리 헤매게 되었다.

시간이 흐름에 따라 그들은 가끔 고향의 모습과 그들이 찾고자 하는 보물을 닮은 환영(幻影)을 보았다. 그러나 그 환영은 결국 그들의 미망(迷妄)을 더 깊게 해 줄 따름이었다. 마침내 그들은 환영을 실재로 대하기 시작했다.

자식들이 난처한 지경에 빠졌다는 소식을 들은 왕은 믿음직한 신하인 현자를 시켜 말을 전하게 했다.

"너희 사명을 기억해라. 그리고 꿈에서 깨어나 함께 더불어 있어라."

현자가 전해 준 아버지의 말을 듣고 그들은 스스로 깨어나, 그들을 도와주러 온 안내자의 도움을 받아가며 보물을 둘러싸고 있는 거대한 위험에 용감하게 도전했다. 마침내 그들은 보물의 신기한 도움으로 빛의 나라에 돌아와 언제까지나 행복하고 또 행복하게 살았다.

너의 사명(使命)을 기억하여라. 잊었거든 전화를 걸어서 물어 보아라. 너와 하늘을 잇는 직통전화는 한 번도 끊어진 적이 없다. 지금 곧 무릎을 꿇어라.

# 아르다빌리

어째서 누가 무슨 일을 해도 '고맙다'는 말을 하지 않느냐는 질문에 아르다빌리는 이렇게 대답했다.

"내 말이 곧이들리지는 않겠지만, 내가 만일 그들에게 고맙다고 인사를 하면 그들은 틀림없이 기분이 좋겠지요. 그런데 그와 동시에 그들은 수고한 데 대한 대가를 나한테서 받은 셈이 되는 것이오. 만일 내가 그들에게 감사하지 않으면 그들한테는 언젠가 나중에 그 수고에 대한 보상을 받을 기회가 남아 있는 것 아니겠소? 그리고 무릇 보상이란 나중에 가서 받는 것이 훨씬 더 좋은 법이외다. 꼭 그것을 받아야만 할 바로 그 때에 받게 돼 있거든!"

사랑하는 사람끼리는 "미안하다"는 말을 하지 않는 법이라고 '러브 스토리'는 말했다. 맞는 말이다. 사랑하는 사람끼리는 "고맙다"는 말도 하지 않는 법이다. 네 손이 네 발을 씻어 주었다. 네 발이 네 손한테 고맙다는 말을 하지 않는 까닭은 입이 없어서가 아니다.

# 노동자 또는 선생

사마르칸디의 구전(口傳)된 가르침에는 다음과 같은 중요한 구절이 들어 있다.

"외향적(外向的)인 학자는 자기 자신을 위하여 학문을 하거나 또는 사람들한테 알려지고 칭찬받기 위해서 학문을 한다. 내향적(內向的)인 학자는 자신을 위해서가 아니라 지식을 위해서 학문을 한다.

내향적인 학자는 지식을 얻어서 스스로 우쭐거리거나 남에게 영향력을 행세하려고 하는 자들이 아니라 그 지식에서 실제로 어떤 유익을 얻고자 하는 자들을 가르치는 데 온 마음을 쏟는다."

공자도 요즘 사람들은 옛적 사람들처럼 자기를 닦는 공부[爲己之學]를 하지 않고 남을 위한 공부[爲人之學]를 한다고 한숨쉬었다. 자고로, 제 몸 닦는 공부에 게으른 놈이 나라에 봉사하겠다고 나서서 설레발칠 때 그 결과가 잘되는 걸 보지 못했다.

# 숨은 스승

어떤 사람이 뱃사공 노릇을 하며 숨어 사는 스승 키드르를 찾았다. 그의 속마음을 읽고 키드르가 말했다.

"내가 만일 길거리에 나서서 사람들에게 마땅히 해야 할 바를 가르친다면 그들은 내가 미쳤다고 생각하거나 아니면 나 자신을 위해서 그런 짓을 한다고 생각하며 그 가르침을 받아들이지 않을 것이다. 내가 만일 부유한 식자(識者) 차림을 하고 사람들을 가르친다면 역시 그들은 가르침을 그대로 따르는 대신 그저 나를 부러워하고 내 눈에 들 만한 행동을 하려고나 할 것이다. 그러나 만일 내가 사람들 틈에 섞여 장소를 가리지 않고 여기서 한 마디 저기서 한 마디 한다면 수천 명이 나를 몰라보는 가운데 그래도 가끔 당신처럼 나를 알아보고 내 말에 귀를 기울이는 사람을 만날 수 있는 것이다."

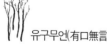
유구무언(有口無言)!
여기서 한 마디 저기서 한 마디. 다이아몬드는 길바닥에 깔려있지 않다.

# 아침 장터에서

바하우딘 나크쉬반드는 어느 날 아침 긴 장대를 들고 보카라의 큰 장터로 들어갔다. 장터 한 복판에서 바하우딘 나크쉬반드는 사람들이 모여들 때까지 목 쉰 소리로 외쳐댔다. 모여 든 사람들은 그토록 위엄 있고 저명한 스승이 목쉰 소리로 질러대는 것을 보고는 모두 놀랐다.

수십 명이 모여들어 어리둥절 넋을 잃고 서 있을 때 바하우딘 나크쉬반드는 갑자기 장대를 휘둘러 사방의 상품 진열대를 무너뜨렸다. 이내 그의 둘레에 과일과 채소 따위가 어지러이 널브러져 쌓였다.

보카라의 시장(市長)이 바하우딘을 소환하여 법정에 세우고 난동을 부린 경위를 해명하라고 했다. 바하우딘이 말하기를,

"이 자리에 고위급 법률가, 고관, 고등 자문위원, 군대 고급 지휘관, 그리고 이 마을의 중요한 유지와 영향력 있는 상인을 모두 불러 모으시오."

이 말을 듣고 시장과 그의 측근은 바하우딘이 미쳐버린 모양이라고 결론을 내렸다. 그러나 바하우딘의 명성이 있는지라 그를 정신병원에 보내기 전에 한번쯤 요구사항을 들어주기로 하고 그가 지명한 자들을 불렀다. 모두 모이자 바하우딘에게 시장이 말했다.

"바하우딘 선생님, 선생께서는 여기 이 자리에 왜 서시게 되었는지 잘 아시겠지요. 그리고 또 이 사람들이 왜 여기 있는지도 아실

것입니다. 이제 말씀하실 것이 있거든 말씀하시지요."

바하우딘이 대답했다. "지혜에 이르는 장엄한 출입구여! 사람들은 흔히 누가 어떤 행동을 하는가에 따라 그의 인품을 판단한다. 그리고 그의 가치를 결정한다. 그러다보니 그의 내면 상태가 어떠한 지는 상관 않고 무조건 '어떤 행동'은 해서는 안 되는 것이라고 못 박아 버리는 지경에 이르렀다. 그래서 누가 어떤 비난받을 '짓'을 하면 자동으로 그는 비난받을 '존재'가 되고 만다."

시장이 말했다.

"도대체 무엇을 말씀하시려는 건지 못 알아듣겠습니다."

"모든 날, 모든 시간, 모든 인간에게는, 만일 허락만 된다면, 내가 장터에서 보여준 것처럼 남에게 해를 끼치는 행동으로 폭발될 수밖에 없는 그런 불평과 불만스런 마음이 있다. 내가 말하고 싶은 것은, 바로 이 마음과 결점이, 제대로 이해되지 않는 탓에, 개인과 사회에 큰 해악을 미치고 있다는 사실이다."

"그렇다면 그 문제를 어떻게 해결할 수 있을까요?"

"해결책은 사람들의 보이지 않는 속을 계발해 나가는 데 있다. 그냥 겉으로 보아 난폭하고 파괴적인 행동을 금지하여 그런 짓을 하지 않는다고 해서 무턱대고 칭찬하는 대신에……"

법정에 모였던 자들이 모두 바하우딘의 가르침에 감동하여 사람들로 하여금 그 가르침을 묵상할 수 있도록 그날부터 사흘간을 공휴일로 정했다.

일체유심조(一切唯心造)라, 모든 것이 마음에서 나오니 마음을 잡아라.
음욕을 품는 것이 곧 간음이요, 미워하는 것이 이미 살인이라.

# 이끼

바하우딘의 고제(高弟)들 몇이 페르시아에 머물다가 돌아와 스승을 찾아뵈었다. 모두 한 자리에 모였을 때 바하우딘은 그들에게, 새로 막 제자가 된 신출내기의 이야기를 들으라고 명했다.

몇이 놀라는 기색을 보이자 스승이 말하기를,

"저쪽 길을 따라 반나절만 가면 임자 없는 한 아름다운 건물이 있는데 너희는 그 거대한 둥근 지붕의 한 쪽이 이끼로 덮여 있음을 볼 것이다. 그리고 안으로 들어가면 값비싼 타일 조각이 벗겨져 바닥에 뒹굴고 있는 것도 보게 되리라. 그 건물이 얼마나 값진 것이며 얼마나 대단한 역사를 지니고 있는 지에 대하여는 의심할 나위가 없다. 그러나 오랜 세월 사람과 자연의 손을 타다 보면 그 완전함을 일부 잃어버리게 마련이다.

이른바 고제(高弟)라는 자들도 이와 다를 바 없다."


사람의 손 때처럼 무서운 게 있을까? 이른바 인기(人氣)라는 것도 간장을 부패시키는 곰팡이와 같은 것. 덕(德)으로 나아가는 공부는 날마다 새로워지는 데 있다 [進德工夫在日新]고 했다.

# 이야기와 사과

어떤 사람이 바하우딘 나크쉬반드에게 물었다.

"선생님은 왜 이야기를 들려주시고 나서 그 이야기를 어떻게 해석할 것인지는 말씀해 주시지 않습니까?"

바하우딘이 대답하기를,

"너에게 사과를 사서 주는 사람이, 네가 보는 데서 속살을 죄다 먹고 너에게는 그 껍질만 준다면 어떻겠느냐?"

말에 얽매이지 말 것. 신기한 요리일수록 먹는 법을 알면 더욱 즐길 수 있다. 그 '먹는 법'을 스스로 터득할 때 맛이 더더욱 좋아지리라는 것은 물론이다.

# 2

## 물이 없으니 달도 없구나

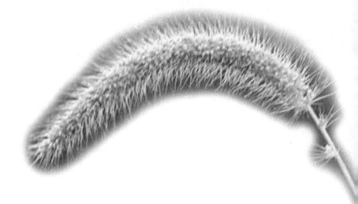

# 여주이무실 (如呪而無實)

해가 바뀌어 1861년이 되자, 각처의 어진 선비들이 찾아 와서 이렇게 묻고 대답하였다 ……

"그러면 선생님이 받은 도(道)의 이름은 무엇이라고 하겠습니까?"

"하느님의 도(天道)라고 부른다."

"그것은 서양의 도(洋道, 즉 천주교)와 다름이 없습니까?"

"서양의 그리스도교는 우리의 교와 비슷하면서 서로 다르다. 즉 하느님을 위하는 듯하면서 그 실속은 없다.[如呪而無實]…"

"어찌하여 그러합니까?"

"내가 받은 도는 하느님의 섭리에 따라 자연스럽게 세상일을 감화한다. 저마다 그 본연의 마음을 지키고 그 기질을 바로잡아 그 타고난 천성에 따르면서 하느님의 가르침을 받으면 자연히 감화가 이루어진다. 이에 대하여 서양 사람들은 그 말에 올바른 차례가 없고 그 글엔 뚜렷한 조리가 없다. 그리고 도무지 하느님을 위하는 실속이 없고 다만 제 몸을 위한 방도만을 빌 뿐이다. 그러므로 몸이 영기(靈氣)와 합일하는 영험도 없고 하느님의 참된 가르침을 배울 수도 없어 형식만이 있고 실적은 없으며, 하느님을 생각하는 듯하나 하느님을 위하지 않는다[如思無呪]. 이렇게 그 도는 거의 내용이 비어 있고 그 학(學)은 하느님을 위하지 않는데 어찌 다름이 없다고 말할 수 있겠는가?"

이 글은 동학(東學)교주인 수운(水雲) 최제우의 「동경대전(東經大典)」에서 뽑은 것이다. 1860년, 수운이 37세 때 동학교를 세우자 여러 선비들이 몰려와 그들과 대화한 내용 중 한 토막이다. 이 짧은 대화 속에서 우리는 당시 서양 선교사들에 의해 이 땅에 전래된 「기독교(천주교)」에 대한 신랄한 비판을 읽는다.

예수께서 인용하신 예언자 이사야의 날카로운 심판의 메아리를 수운(水雲)에게서 듣게 됨은 약간 뜻밖의 일이다.

"이 위선자들아, 이사야는 바로 너희를 두고 이렇게 예언하였다. '이 백성이 입술로는 나를 공경하여도 마음은 나에게서 멀리 떠나 있구나! 그들은 나를 헛되이 예배하며 사람의 계명을 하느님의 것인 양 가르친다!'" (마태오 15:8~9).

그러나, 한편 생각하면 하느님께서 반드시 유다인 중에서만 당신의 '예언자'를 뽑으실 까닭도 없으려니와, 다만 우리는 오늘의 기독교가 이와 같은 심판을 받지 않게 애쓸 것뿐이다.

# 거지 선사(禪師)

토수이는 당대에 널리 알려진 선사(禪師)였다. 그는 여러 절에서 살았고 여러 지방에서 가르쳤다.

그가 마지막으로 몸을 담았던 절에 너무나도 많은 문하생 지원자가 몰려들었으므로 그는 설법 베푸는 일을 일절 그만두겠다고 말했다. 그는 몰려든 문하생 지원자들에게, 흩어져서 어디든지 자기가 원하는 곳으로 가라고 권하였다. 그 뒤에 아무도 그를 보지 못했다.

3년 뒤, 그의 제자였던 한 사람이 그가 교토의 한 다리 밑에서 거지들과 함께 살고 있는 것을 발견하였다. 그는 그 자리에서 토수이에게 가르침을 베풀어 달라고 간청하였다.

"만일 자네가 이틀 동안만 내가 하는 대로 할 수 있다면."

하고 토수이가 대답하였다.

그래서 그 제자였던 사람은 거지 옷을 입고 하루를 토수이와 함께 보냈다. 그 이튿날 거지 하나가 죽었다. 토수이와 그의 제자는 밤중에 시체를 옮겨다가 산기슭에 묻었다. 그러고 나서 그들은 다리 밑의 거처로 돌아왔다. 토수이는 그날 밤, 남은 시간을 달게 잤다. 그러나 그의 제자는 잠을 잘 수가 없었다. 아침이 되자 토수이가 그에게 말했다.

"오늘은 아침밥을 구걸할 필요가 없네. 어제 숨진 친구가 남겨놓고 간 음식이 약간 있으니까."

　　그러나 제자는 그 음식을 한 숟갈도 입에 넣을 수가 없었다. 이를 보고 있던 토수이가 말했다.

　　"자네는 내가 하는 대로 못했어. 어서 여기를 나가게. 두 번 다시 나를 성가시게 하지 말고."

　　토수이라는 중이 좀 너무했다는 느낌이다. 그러나 '성가시게 말고 가'라는 매몰찬 말투에서 한 사람이라도 깨우치려는 스승의 간절한 마음을 읽을 수 있을 것도 같다. 무엇을 깨우친단 말인가?
그렇다! 거지처럼 살 수는 있다. 거지 옷을 입고 다리 밑에서 잠을 자고…… 그러나 속속들이 거지일 수는 없다. -그래가지고는 안 된다는 것이다. 도(道)에 통하는 길은 "……처럼" 흉내 내는 것으로는 갈 수 없다. 교회는 가난한 자를 위한 교회에서 가난한 교회로 되어야 한다. 우리가 주님의 이름으로 무엇도 하고 무엇도 하고…… 했습니다. 할 때 예수께서는 나는 너희를 모른다. 성가시게 굴지 말고 비켜라 (마태오 7:21~23) 하고 대답하신다.

# 하즈랏 바하우딘 왕

바하우딘은 정력적인 행정 수완으로 나라를 다스리는 힘 있는 왕자였다. 그러나 그는 사람의 마음에 관한 일에는 관심이 없었다.

어느 날 그는 자기가 다스리는 영토 내에서 무리를 지어 돌아다니는 수많은 거지와 부랑자들에 대하여 무슨 수를 써야겠다고 결심하였다.

그는 경비병들에게 앞으로 한 달 안에 모든 부랑자들과 거지들을 집합시켜 궁전의 뜰에 데리고 와 재판을 받게 하라고 명령하였다.

바로 그 때 바하우딘의 궁에 소속되어 있던 한 수피(Sufi)가 궁을 떠나게 해 달라고 청원을 하고는 여행길에 나섰다.

예정된 날이 되자 부랑자들이 모두 끌려 와 바하우딘 궁의 정원에 앉아 왕의 재판을 기다렸다. 자기 궁전을 더럽히고 있는 그 숱한 누더기를 보자 바하우딘 왕은 크게 노했다. 그는 마침내 이렇게 판결을 내렸다.

"너희는 모두 악행을 저지른 자나 왕정에 복종하지 않는 자와 똑같이 매를 맞으리라."

그때, 붙잡혀 온 무리들 가운데서 누더기를 걸친 한 사람이 일어서더니 이렇게 말했다. 그는 한 달 전 궁을 떠났던 바로 그 수피였다.

"오 예언자 가문의 위대하신 왕자여! 만일 당신 궁에 소속한 자가 다만 그가 입은 옷 때문에 붙잡혀 부랑자로 취급당한다면 그것은 깊게 생각해 볼 일이 아닐 수 없습니다. 만일 우리가 단지 의복 때문에 달갑지 못한 자로 판결을 받는다면, 사람들이 그것을 배워 당신 같은 지배자들을, 속에 간직하고 있는 가치가 아니라 입고 있는 옷만 보고 판단하게 될 위험이 있습니다. 그렇게 되면 장차 이 나라를 어떻게 다스리시겠습니까?"

이 일이 있은 뒤, 바하우딘은 왕좌를 버렸다. 그는 자신이 위대한 수피 종단의 지도자로 존경받던, 아프가니스탄의 카불 근처에서 죽어 묻혔다. 사람들은 그의 사당 앞을 지날 때 모두 모자를 벗고 그가 남긴 교훈을 잊지 않는다.

새로 뚫린 고속도로변의 울긋불긋한 지붕들을 볼 적마다, 길을 향해서는 반듯하게 서 있으면서 뒤에는 양철 조각을 댄 상가들을 볼 적마다, 왜 세상은 거짓을 강요하는가 생각해 본다. 겉모양만으로는 안 되는 줄 몰라서일까? 아무래도 그러다가는 '회칠한 무덤'인 바리사이파 사람들처럼 화를 입을 터인데.

# 돌부처 재판

어떤 비단 장수가 비단을 한 짐 잔뜩 지고 가다가, 날씨는 덥고 힘도 들고 해서 마침 길가에 커다란 돌부처가 있는지라, 그 그늘 아래 짐을 내려놓고 앉아 잠시 쉬어 가리라 마음먹었다. 그래서 앉아 쉬는데 마침 시원한 바람이 불어 깜빡 잠이 들어 버렸다. 얼마후 잠이 깨어 일어나 보니 비단 짐이 온데간데없이 사라졌구나!

비단 장수는 곧장 관가로 달려가 이 사실을 고했다.

원님이 말을 듣고 나더니,

"그 돌부처가 비단을 훔쳐 간 게 틀림없다. 돌부처란 본래 백성들의 재물을 지켜주기 위해 있는 것이거늘, 그는 신성한 임무를 다하지 못했다. 당장 그를 잡아오너라."

나졸들이 돌부처를 꽁꽁 묶어 관청 뜰로 끌고 오는데, 마을 사람들이 붙잡혀 오는 돌부처 뒤를 따라오며 원님이 어떻게 판결을 내릴 것인가, 의견이 분분하여 시끄럽다.

원님이 재판관 자리에서 벌떡 일어나 소란한 군중을 꾸짖는데 말투가 자못 엄숙하다.

"너희가 이 신성한 법정에서 이다지도 시끄럽게 떠들고 웃어대고 농지거리를 한단 말이냐? 돌부처를 재판하기 전에 네 놈들부터 재판하리라. 모두 법정모독죄를 범했으니 벌금을 물리랴? 옥살이를 시키랴?"

사람들이 변명에 급급하니 원님이 말하기를,

　"그렇다면 벌금을 내도록 하여라. 말미를 사흘 줄 테니 그 안에 각자 비단 한 필씩 갖다 바쳐야 한다. 바치지 못하는 자는 옥에 가두리라."

　마침내 그들 중 하나가 가지고 온 비단이 도둑맞은 것임이 밝혀졌고 도둑은 쉽게 잡혔다. 비단 장수는 잃었던 물건을 도로 찾았고 사람들이 벌금으로 가지고 왔던 비단은 각자에게 돌려졌다.

　한국 중국 일본에 고루 알려져 있는 이 이야기는 동양판「솔로몬 재판」이라 하겠다. 돌부처는 도둑으로 몰려도 말이 없다. 부처의 얼굴, 특히 우리나라 부처는 인자하고 너그럽다. 도둑으로 몰아 꽁꽁 묶어도 빙그레 웃는 돌부처, 나중에 진짜 도둑이 잡혀 누명을 벗은 다음 그는 어찌 되었을까? 다시 전에 앉아 있던 길가로 가서 지나가는 나그네에게 시원한 그늘을 만들어 주었겠지, 말 없이……

공연히 인간들이 시끄럽다. 사필귀정(事必歸正)이라, 모든 것이 반드시 제 갈 곳으로 간다는 이 말을 태산처럼 믿고 빙긋이 웃으며 살아갈 수는 없을까?

# 효자 (孝子) 이야기

옛날 엉덩판이 찢어질 정도로 가난한 집안이 있었다. 먹을 것이 없어서 끼니를 제대로 잇지 못하였는데 늙은 어머니를 모신 이들 내외와 갓난아기가 하나 있었다. 늙은 어머니는 이가 다 빠져서 밥을 제대로 먹을 수가 없어 손자가 먹는 며느리의 젖을 함께 먹고 있었다. 그러나 아기 어머니가 끼니랍시고 먹는 것도 시원찮았으니 젖이 제대로 나올 리가 없었다. 그런 데다 갓난아기와 할머니가 함께 빠니 젖이 늘 모자라서 아기도 할머니도 배를 곯았다.

두 내외는 아기도 아기려니와 늙은 어머니에게 배불리 먹이지 못하는 것이 죄스럽고 불효인 것 같아서 늘 마음에 걸렸다. 그래서 두 내외는 의논했다.

아직 나이가 젊으니 자기네는 아기를 또 낳을 수 있으나 어머니는 한번 돌아가시면 그만이니 불쌍하기는 하나 아들을 죽이고 어머니에게 젖을 먹이자는 것이었다.

두 내외는 아기를 업고 산으로 들어갔다. 깊은 산 속으로 가서 아기를 죽여 묻자는 것이다. 산 속 양지바른 곳에 이르러 두 내외는 서로 쳐다보았다. 거기가 아기를 묻기에 알맞은 곳이라는 생각이 들었기 때문이다. 내외는 서로 붙잡고 울었다. 배불리 먹이지도 못하고 죽여야 할 것을 생각하니 가슴이 메는 듯했다.

남편은 울면서 땅을 팠다. 아내도 쪼그리고 앉아서 울었다. 그런데 한참 땅을 파던 남편이 기쁜 소리로 아내를 불렀다. 아내는 웬일인가 싶어 가 보았다. 남편이 파는 땅 속에 금빛 나는 궤짝이 있었다. 금궤 짝을 들어내고 열어 보니 금덩어리가 가득히 들어 있었다.

내외는 좋아라고 춤을 추며 기뻐하였다. 효성이 지극한 내외를 위해 하늘이 주신 것이 틀림없었다.

내외는 아기 묻는 대신 금궤를 가지고 집으로 돌아왔다. 그것으로 쌀을 사서 죽을 쑤어 어머니를 봉양하고 유모를 따로 두어 어머니와 아들이 따로 젖을 먹게 마련하고, 다시금 궁색한 일없이 잘 살았다고 한다.

－임동권 편저, 「한국의 민담」에서

한국판 '아브라함과 이사악 이야기'라고 하면 좀 지나친 감이 있긴 하다만 효(孝)라고 하는 천륜(天倫)을 지키기 위해 자식 사랑이라는 인륜(人倫)을 희생시키려 한 점은 너무나도 비슷하다. 그러나 '하늘'은 결코 죄 없는 자식을 희생시키도록 그냥 내버려두지 않는다. 우리나라 효녀 이야기의 결정판인 「심청전」도 그렇지만 모든 효자, 효녀 이야기는 행복하게 끝이 난다.

# 검군(劍君) 이야기

검군은 신라 사람으로 대사구문(大舍仇文)의 아들인데 사량궁 사인(沙梁宮舍人) 벼슬을 하였다. 그런데 진평왕 건복 44년(서기 627) 8월에 서리가 내려서 모든 곡식이 상하였으므로, 그 다음 해 봄과 여름에 기근이 심하여 백성들은 아들까지 팔아먹는 참혹한 지경에 이르렀다. 이럴 때 궁중의 모든 사인(舍人)들은 함께 모의하여 몰래 창예창 안에 있는 곡식을 도둑질하여 이를 나눠 가졌는데, 검군이 홀로 이를 받지 않으니, 모든 사인들이 말하기를 "모두 다 받는데 그대만 홀로 받지 않는 것은 무슨 까닭인가? 만약 적은 것을 싫어한다면 더 주겠다"고 하였으나 검군은 웃으며 말하기를 "내 근랑(近郎)의 낭도(郎徒)로 이름을 두고 그 풍류도를 수행하고 있으므로, 진실로 그 의리에 어긋나는 일이면 천금의 이로움이 있더라도 마음을 움직이지 않는다" 하며 끝내 이를 거절하였다.

이때 이찬대일(伊湌大日)의 아들이 화랑이 되어 근랑이라 불렀으므로 이렇게 말한 것이다. 검군은 그들과 헤어져 근랑의 집으로 가니, 사인들은 비밀히 모의하기를 "검군을 죽이지 않으면 반드시 이 사실이 누설될 것이다" 하고, 드디어는 검군을 불렀다. 검군은 그들이 자기를 죽이려는 것을 알고 근랑에게 작별하며 말하기를, "오늘 이후에는 서로 다시 만나볼 수 없을 것입니다" 하였다. 근랑이 까닭을 물어도 그는 이유를 말하지 않았다. 재삼 이유를 묻자 그는 간

략히 그 이유를 말하므로 근랑은 말하길, "어찌하여 이 사실을 유사(有司)에게 말하지 않는가?" 하니, 검군이 말하기를 "나의 죽는 것을 두려워하여 많은 사람들을 죄로 다스리게 하는 것은 인정으로써 차마 못할 일입니다" 하니, 근랑은 말하기를 "그러면 도망하면 어떠한가?" 하였으나, 그는 말하기를 "그 사람들이 마음이 굽고 내 마음이 정직한데, 도리어 도망한다는 것은 장부의 취할 바 아닙니다" 하고, 드디어는 그들이 부르는 곳으로 갔다. 모든 사인(舍人)들은 주안을 베풀고 이를 사과하는 체하였으나, 그들은 비밀히 그 먹는 음식에 독약을 놓았었다.

검군은 이러한 것을 알면서도 억지로 먹고 곧 죽었다.

-「삼국사기(三國史記)」제48권, 열전 제8-

이 이야기 끝에 김부식(金富軾)은 "검군은 그 장소를 가리지 못하고 죽었으니 가히 태산 같은 목숨을 깃털처럼 여겼다 하겠다"고 토를 달았다. 이 토는 거꾸로 되었어야 옳다. 검군이야말로 깃털 같은 목숨을 태산처럼 산 사람이다. 아무튼지 오늘날 수입 고추 들여와 제 배 채우는 이 나라 벼슬아치들도 여전히 검군을 어리석은 자라 비웃겠지!

# 행복한 중국인

미국의 차이나타운(중국인 마을)을 걸어 본 사람은 푸대 자루를 멘 건강한 남자의 동상을 보았을 것이다. 중국 상인들은 그를 '행복한 중국인' 혹은 '웃는 부처'라고 부른다.

호아디는 당나라 사람이었다. 그는 자기 자신을 선사(禪師)라고 생각하지도 않았고 그런 이름으로 불리는 것을 원하지도 않았다. 자연히, 제자들을 곁에 거느리는 것도 싫어하였다.

그 대신 그는 커다란 자루를 등에 메고 거리를 돌아다니며 사람들에게 과자나 과일 빵 등을 얻어 자루에 담았다. 그러고는 그것을 자기 둘레에서 놀고 있는 아이들에게 나누어주었다.

그는 거리의 유치원을 설립하였다.

신심(信心)이 깊은 신도를 만나면, 손을 내밀고 "한 푼만 주시오" 했다. 누가 절에 와서 설법을 좀 해 달라고 부탁을 할 때도 손을 내밀고 "한 푼만 주시오" 했다.

한 번은 그가 열심히 자루를 메고 거리를 도는데 우연히 다른 선사(禪師)가 곁에 있다가 그에게 물었다.

"선(禪)의 뜻하는 바가 무엇이오?"

호아디는 말없이 메고 있던 자루를 벗어 땅바닥에 놓았다.

상대방이 다시 물었다.

"그러면 선(禪)의 이루는 바는 무엇이오?"

묻는 말이 끝나는 것과 동시에 그 '행복한 중국인'은 자루를 어깨에 메고 가던 길을 계속 걸었다.

-폴 랩스, 「禪骨肉禪」에서.

사람이 살아가는 데 웬 말이 이다지도 많은가! 말이 많은 곳에 쓸 말은 없다고, 우리는 지금 너무나도 시끄러운 말들 속에서 필요 없는 고통을 당하고 있지나 않는지. 노자(老子) 이르길, 언자무지요 지자무언이라[言者無知, 知者無言], 말 많은 자 알지 못하고 아는 자 말이 없는 법, 인생의 값은 입술의 말에 있지 아니하고 삶에 있나니, 설법이 따로 무슨 필요 있는가. 한 푼 얻어 그것으로 만 냥보다 비싼 어린아이를 섬기는 것이 온통 설법 아닌가?

종교의 뜻하는 바, 그것은 모든 일을 중단하고 한 곳에 머무는 것이요 종교의 이루는 일은 한 사람을 하늘처럼 섬기는 것 아니고 무엇이랴? 푸대 자루 하나와 맨발로 우주만큼 크고 무거운 뜻을 담아 옮긴 행복한 중국인 만세.

# 세 가지 해석

진리를 찾아 떠돌아다니던 탁발승 세 사람이 어느 위대한 스승의 집에 이르렀다. 그들은 그에게 진리를 찾는 일을 도와달라고 간청하였다. 그래서 그는 세 탁발승을 데리고 자기 정원으로 들어갔다.

그는 죽은 나뭇가지를 꺾어 들고 꽃밭을 이리저리 다니며 키가 큰 꽃의 목을 그 나뭇가지로 쳐서 부러뜨렸다.

다시 집 안으로 돌아온 다음 현자는 자기를 찾아 온 탁발승들 사이에 앉아, 물었다.

"내가 보여 준 행동의 뜻이 무엇이냐? 너희 가운데 맞는 대답을 하는 자는 나의 제자가 될 것이다."

첫 번째 탁발승이 대답하였다.

"저는 이렇게 해석합니다. 누구든지 자기가 남보다 더 많이 안다고 생각하는 자는 가르침 받기 위하여 낮아지는 고통을 겪어야 한다."

두 번째 탁발승이 대답하였다.

"저는 이렇게 해석합니다. 겉으로 드러나는 아름다움이란 아무것도 아닐 수 있다."

세 번째 탁발승이 대답하였다.

"저는 스승님께서 보여주신 행위는, 타성적인 지식의 막대기처럼 생명 없는 것이 살아 있는 것을 해롭게 할 수 있다는 것을 보여주신 것이라고 생각합니다."

스승이 말하였다.

"너희 모두 합격하였다. 왜냐하면 너희들이 바른 답을 나누어 가졌기 때문이다. 너희 중 아무도 모든 것을 알지는 못한다. 너희가 갖고 있는 것은 온전하지 못하다. 그러나 너희가 각자 한 말은 모두 옳다."

―이드리스 샤아, 「동양의 사상가」에서.

진리는 독차지할 수 없는 것, 자신의 생각과 판단만이 옳고 남의 것은 모두 그르다는 고집이야말로 가장 거짓된 것이다. 그런 사람은 진리를 깨우치기 위한 공부를 할 자격도 없다. 우리는 각자 절대적인 하느님 앞에서 모자라는 자신의 모습을 확인하고 내가 아는 것, 또는 내가 가진 것이 완전한 것이 아님을 솔직하게 인정해야 한다. 자기만 나라를 사랑하는 줄 아는 자, 따라서 자기 뜻을 거스르는 자를 모조리 비애국자로 모는 자는 진리(참)의 문턱에도 들어 못선다.

# 참 벗 (友情)

아주 오랜 옛날 중국에 두 친구가 살고 있었다. 한 친구는 비파를 잘 탔고 다른 한 친구는 비파 타는 것을 잘 감상했는데, 비파를 타고 감상하는 기술이 뛰어났다.

한 친구가 산(山)에 대하여 비파를 타거나 노래를 부르면 다른 한 친구가 이렇게 말하곤 했다.

"우리 앞에 산이 보이네."

한 친구가 물(水)에 대하여 비파를 타거나 노래를 부르면 다른 한 친구가 으레 이렇게 소리쳤다.

"저 흐르는 물을 보게."

그러다가 감상하는 친구가 병이 들어 죽었다. 남은 친구는 자기의 비파 줄을 잘라 버리고는 두 번 다시 타지 않았다.

그 뒤로부터 중국에서는 참된 우정의 표시로 비파 줄을 끊는 습관이 생기게 되었다.

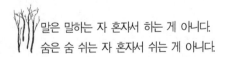
말은 말하는 자 혼자서 하는 게 아니다.
숨은 숨 쉬는 자 혼자서 쉬는 게 아니다.

# 밤 외출(外出)

센게이라는 선사(禪師) 밑에서 학생들이 참선을 배우고 있었다. 그들 중 한 학생이 밤중만 되면 몰래 담을 넘어 마을로 내려가서 재미를 보고 돌아오곤 했다.

하루는 센게이가 밤늦게 산책을 하다가, 한 학생이 담을 타 넘어 나가는 것을 보았다. 담을 타 넘을 때 딛고 올라서는 커다란 발판도 발견하였다. 센게이는 발판을 치우고 그 자리에 자기가 대신 섰다.

마을에 내려갔던 학생이 돌아와 늘 하던 대로 발판을 밟고 뜰 안으로 내려섰다. 그러나 그것은 발판이 아니라 스승의 머리였다! 학생은 그만 기절을 할 지경이 되었다.

센게이가 그에게 말했다. "이른 새벽에는 공기가 차다. 감기 들지 않도록 조심하는 게 좋아."

그 학생은 두 번 다시 밤에 담을 넘지 않았다.

훌륭한 스승은 사람을 잘 볼 줄 알기 때문에 사람을 버리지 않는다고 했다. 뛰어난 서도인(書道人)은 몽당붓으로도 절세의 묵적(墨迹)을 남긴다.

# 선문답 (禪問答)

선사(禪師)들은 젊은 학생들에게 자기 자신을 표현하는 것을 가르친다. 두 절이 이웃해 있었는데 한 절에 있는 동자(童子)가 아침에 상 보러 갈라치면, 길에서 다른 절에 있는 동자를 만나게 마련이었다.

"어디를 가니?" 하고 한 아이가 묻자 다른 아이는 이렇게 대답했다. "내 발이 가는 대로 간다."

이 말을 듣고 그는 어찌 할 줄을 몰라 스승에게 도와달라고 했다. 스승이 그에게 일러주었다. "내일 아침에도 그렇게 대답하거든 '너한테 만일 발이 없다면 어디를 가겠니?' 하고 물어라."

이튿날 아이들은 다시 만났다.

"어디를 가니?" 하고 먼저 아이가 물었다.

"바람 부는 대로 간다." 하고 나중 아이가 대답하였다.

아이는 또 할 말을 몰라 스승에게 다시 호소하였다.

"이번에는 '만일 바람이 없으면 어디로 가겠니?' 하고 물어라."

이튿날 아이들은 세 번째로 만났다. "어디를 가니?"

"채소 사러 시장 간다."

—폴 랩스, 「禪骨肉禪」에서.

 유위(有爲)와 무위(無爲), 유심(有心)과 무심(無心),
도무지 게임이 되지 않는다.

# 애꾸눈 수도승 이야기

옛날의 떠돌이 중들은 남의 절에서 하룻밤 쉬기 위하여 절 주인과 불교에 관한 토론을 하여, 토론에서 이기면 그 절에서 쉴 수 있었다. 토론에 지면 다른 절로 가야 했다.

어느 절에 두 형제 중이 살고 있었다. 형은 머리가 영리하여 많이 배웠지만 동생은 바보인데다가 애꾸였다. 어느 날 떠돌이 중이 와서 이 형제 중에게 토론을 청했다. 그날 형은 공부를 너무 많이 하여 피곤했으므로 동생에게 떠돌이 중을 만나라고 했다. "가서 말하지 않는 대화를 하자고 하여라."

결국 젊은 떠돌이 중과 동생이 마주앉게 되었다.

잠시 후 나그네가 형이 있는 방에 뛰어왔다. 그러고는 이렇게 말하는 것이었다. "당신 동생은 기가 막힌 분입니다. 내가 졌어요."

"무슨 이야길 나누었소?" 하고 형이 물었다.

"말하지 않는 대화를 하자기에 먼저 내가 한 분 뿐이신 부처님을 뜻하는 손가락 한 개를 들어 보였지요. 그랬더니 그가 부처와 그의 가르침을 뜻하는 손가락 두개를 들어 보이는 것이었습니다. 내가 다시 부처와 그의 가르침과 제자들을 뜻하는 손가락 세 개를 보이니까 그가 주먹을 꼭 쥐고는 내 앞에 불쑥 내밀어 그 셋이 모두 하나에서 나왔다고 대답하는 게 아닙니까? 내가 꼼짝없이 진 겁니다. 자, 나는 이곳에 머무를 자격이 없으니 갑니다."

말을 남기고 뜨내기 중은 가 버렸다.

"그 놈 자식 어디 갔어?" 동생이 주먹을 휘두르며 달려 왔다.

"네가 이겼다면서?" 형이 묻자 동생은,

"이기긴 뭘 이겨! 내 이놈을 두들겨 주고 말 테야" 하고 분해하는 것이 아닌가?

"도대체 무슨 이야길 했기에 그러느냐?"

"내 말 좀 들어보라고! 그 자식은 날 보자마자 손가락 한 개를 불쑥 내밀면서 내 눈이 한 개 뿐이라고 놀리는 거야! 그래서 화가 났지만 그래도 손님 대접한다고 꾹 참고, 당신 눈은 두 개 다 있으니 축하한다는 뜻으로 손가락 둘을 보여줬지. 그랬더니 이 나쁜 놈이 다시 손가락을 세 개 보이면서 그러니까 당신과 나 사이엔 눈이 세 개 있는 셈이라고 놀리기에 주먹으로 한 대 치려고 하는 순간 달아나 버렸어. 그 뿐 이야!"

-폴 랩스, (禪骨肉禪)에서.

말하지 않는 대화를 하자고 해 놓고는 손가락을 가지고 온갖 '말'을 지껄여 댔으니 그럴 수밖에. 말이란 입으로만 하는 게 아니다. 쫓겨 간 놈이나 쫓아낸 놈이나 갈 길이 한참 멀다.

# 순리 (順理)로 살아라

당나라 때 유명한 선사(禪師)였던 젱계추는 자기 제자들에게 다음과 같은 충고를 기록으로 남겨 주었다.

이 세상 안에 살면서도 먼지에 파묻히지 않는 것. 이것이 참 선자(禪者)의 길이다.

남의 잘하는 행실을 보거든 너도 그와 같이 할 것을 다짐하라. 남의 잘못된 행실을 보거든 너는 그와 같은 행실을 하지 않겠다고 다짐하라. 혼자 어두운 방에 있을 적에도 그것을 안락한 생활과 바꾸지 말아라. 너의 감정을 표현하되 결코 속에 있는 것보다 지나치게는 하지 말아라.

가난은 너의 보물이다. 절대 그것을 안락한 생활과 바꾸지 말아라. 어떤 사람이 바보처럼 보이더라도 그를 바보로 보지 말아라. 그는 자신의 슬기를 조심스럽게 감추고 있는 것일지도 모른다.

덕(德)이란 자기 수련의 열매다. 그것을 그것들의 하늘에서 비나 눈처럼 떨어뜨리지 말아라. 겸손은 모든 덕성의 바탕이다. 네가 네 이웃에게 너 자신을 드러내기 전에 네 이웃이 먼저 너를 발견토록 하여라.

고상한 마음은 제 스스로 앞장서려 하지 않는다. 그의 말은 흔하지 않는 보석처럼 거의 숨어 있고 대신 그 값이 매우 귀중하다. 성실한 학생에게는 매일 매일이 행운의 날이다. 시간은 흘러가지만,

그는 결코 뒤에 처지지 않는다. 영광도 부끄러움도 그를 움직일 수 없다.

너 자신을 꾸짖되 남을 꾸짖지는 말아라. 옳고 그름을 토론하지 말아라. 어떤 일은 옳은 일이지만 몇 세대가 흐르는 동안 그릇된 것으로 생각된다. 옳음이라는 것은 수세기 후에야 밝혀지는 것이기도 하다. 당장에 박수갈채를 받으려고 애쓸 건 없다.

순리(順理)로 살고 결과는 우주의 대 법칙에 넘겨주어라. 매일 매일 평화스럽게 생각하면서 살아가라.

—폴 랩스, 「禪骨肉禪」에서.

자기의 주장이 진리(참)인 것을 밝히기 위하여 죽음까지도 사양 않는 전투적인 사상가들의 생애에 익숙한 현대인으로서는 참으로 이상하게 들리는 가르침이다. 그러나 바로 여기에서 우리는 서양과 동양의 차이점을 발견한다. 자기가 물건을 훔치지 않았는데 도둑의 누명을 썼다 해서 자살해 버린 소녀 이야기가 우리를 슬프게 한다. 왜 그 동양 소녀가 그토록 지독하게 초조하고 급해야 했을까?

# 낙타 나누기

옛날 한 수피가 있었는데 그는 자기가 죽은 뒤에 제자들이 계속 도를 닦을 수 있도록 지혜로운 스승을 찾게 되기를 바랐다.

그리하여 그는 죽기 전에 제자들에게 열일곱 마리의 낙타와 함께 다음과 같은 유언을 남겼다.

"너희 세 제자는 이 낙타를 다음과 같이 나누어 가져라. 제일 나이가 많은 자가 반(半)을 갖고 중간 사람이 3분의 1을, 그리고 제일 나이가 적은 자가 9분의 1을 갖도록 하여라."

그가 죽자 유언장을 읽어 본 제자들은 어리둥절하였다. 낙타 열일곱 마리를 그런 식으로 나눌 수는 없기 때문이다. 한 제자가 "우리 그 낙타를 공동소유로 합시다"고 했으나 그것은 스승의 유언을 어기는 것이어서 그럴 수 없었다. 한 제자가 어떤 현자에게 어찌하면 좋겠느냐고 물으니 그는 "꼭 그렇게 딱 부러지게 나누지 말고 얼추 비슷하게 나누면 될 게 아니냐?"고 대답하였다. 어느 재판관은 제자들에게 그것을 팔아 돈을 나누어 가지라고 했다. 또 어떤 사람은 스승의 유언은 장난이니 지킬 것도 없다고 말하기도 했다.

그러나 제자들은 스승의 유언에 반드시 무슨 지혜가 숨어 있으리라 생각하고 이 풀기 어려운 문제를 풀어 줄 사람을 찾았다.

그들이 찾아 간 사람들은 모두 실패를 하였다. 그러다가 마침내 마호멧의 사위인 하즈랏 알리의 집 문을 두드리게 되었다. 하즈랏 알리가 말했다. "이렇게 하면 되지 않겠는가? 내가 나의 낙타를 한 마리 보태 주지. 그러면 모두 열여덟 마리가 되네. 제일 나이 많은 사람이 그 반수인 아홉 마리를 갖게. 두 번째 사람이 3분의 1인 여섯 마리를 갖고 맨 끝의 제자는 9분의 1인 두 마리를 갖게. 그러면 9 + 6 + 2 = 17마리를 자네들이 갖는 셈이지. 나머지 한 마리는 내가 도로 갖겠네."

이렇게 하여 제자들은 새 스승을 모시게 되었다.

－이드리스 샤아. 「동양의 사상가들」에서.

언뜻 보아 산수 놀이 같지만 이 이야기 속에는 상당히 깊은 뜻이 담겨 있다. 무릇 사람이 사람을 가르친다는 것은 무엇인가? 그것은 자기의 낙타 한 마리를 보태주어 맺혀 있는 문제를 풀어 주는 것 아닌가? 선생이 학생에게 무엇을 주는 것이 아니라, 본래부터 유물로 주어져 있는 것을 갖게 도와주는 것이다.

# 가슴은 타오르는 불길처럼

아메리카 땅에 발을 들여놓은 첫 번째 선사(禪師), 소엔 샤쿠는 이렇게 말했다.

"나의 가슴은 불길처럼 타오르고 나의 눈은 식은 재처럼 싸늘하다."

그는 스스로 다음과 같은 규칙을 세우고 매일 실천에 옮겼다.

아침에 옷을 입기 전, 조금 향을 피우고 가벼운 명상을 한다.

정한 시각에 잠자리에 든다.

정한 시각에 음식을 먹는다. 알맞게 들고 절대로 배부르게 먹지 않는다.

혼자 있을 때와 똑같은 태도로 손님을 맞아들인다.

혼자 있을 때에도 손님을 모시고 있을 때와 똑같은 태도를 유지한다.

스스로 하는 말을 감시한다. 무엇이든 말한 대로 한다.

기회는 놓치지 않는다. 그러나 언제든지 행동하기 전에 두 번 생각한다.

지난 일을 후회하지 않는다. 앞날을 바라보며 산다.

두려움을 모르는 영웅의 자세를 갖추고 어린아이의 사랑하는 가슴을 품는다.

잠잘 때에는 마치 최후의 잠자리에 들어 간 듯이 잠을 잔다.

깨어날 때에는 낡은 구두를 벗어버리듯 침상을 뒤에 두고 곧장 떠난다.

# 이야기꾼의 선(禪)

엔조는 유명한 이야기꾼이었다. 그가 사람 이야기를 하면 듣는 사람들의 가슴이 저려 왔다. 그가 전쟁 이야기를 할 때면 듣는 사람들이 모두 전쟁 마당에 와 있는 것 같은 생각이 들었다.

하루는 엔조가 야마오카 테슈를 만났다. 이미 선(禪)의 대가(大家)라 할 수 있는 인물이었던 야마오카가 그에게 말했다. '나는 그대를 이 나라 제일 가는 이야기꾼으로 알고 있다. 그대는 사람들을 마음대로 울렸다 웃겼다 한다지. 내가 좋아하는 바다 소년 이야기를 나에게 들려 달라. 어렸을 때 나는 어머니 곁에서 잤는데 그 때마다 어머니는 그 전설을 이야기해 주시곤 했었다. 그러면 얘기를 듣는 중에 나는 잠이 들었지. 우리 어머니가 해준 대로 나에게 그 얘기를 들려 달라."

엔조는 감히 그의 청을 그 자리에서 받아들이려 하지 않았다. 대신 그는 공부할 시간을 달라고 했다. 몇 달 뒤 그는 야마오카를 찾아갔다.

"저에게 이야기를 해 드릴 기회를 주십시오."

"다른 날 하세" 하고 야마오카가 대답하였다.

엔조는 크게 낙심하였다. 그는 더 공부하여 다시 찾아갔다. 야마오카는 또 거절하였고 이렇게 거절하기를 여러 번 하였다. 엔조가 입을 열어 말을 꺼내려 하면 야마오카가 가로막으며, "그대는 아직 우리 어머니와 같지 못하다"고 말하는 것이었다.

엔조가 야마오카에게, 그의 어머니가 이야기했듯이 전설을 이야기할 수 있게 된 것은 그로부터 5년 뒤였다. 이런 식으로 야마오카는 엔조에게 선(禪)을 넘겨주었다.

－폴 랩스, 「禪骨肉禪」에서.

이야기는 말로 하는 게 아니다. 손끝으로 만드는 것도 아니다. 이야기는 인간의 생명을 담은 무한한 샘이다. 이야기에서 뜻이 나오고 이야기에서 힘이 나온다. 절망하는 인간에게 이야기를 들려주는 것은 빈혈증 환자에게 피 주사를 놔주는 것과 다름없다.

성경은 "한 처음에……"라는 말로 시작되어 "내가 곧 가리라"는 약속으로 막을 내리는 거대한 이야기다. 막은 내렸지만 이야기는 지금도 계속되고 있다. '약속'이 아직 이루어지지 않은 것이다.

거대한 이야기 속에 삶이 있고 죽음이 있고 다시 그 죽음을 이기는 삶이 있다.

하느님은 당신처럼, 입술로가 아니라 가슴으로 이야기하는 이야기꾼을 사랑하시는 이야기꾼이시다.

# 달은 훔칠 수 없어

선사(禪師) 료칸은 어느 산기슭에서 가난하게 살아가고 있었다. 어느 날 밤, 한 도둑이 그의 오두막집을 덮쳤는데 결국 아무 것도 훔쳐 갈 것이 없음을 알게 되었을 뿐이었다.

료칸이 그를 붙잡고 말했다.

"그대는 우리 집까지 오느라고 먼 길을 왔을 것이다. 그런데 빈손으로 가서야 되겠는가? 내 이 옷을 줄 터이니 가져가시게."

도둑은 어리둥절하여 내주는 옷을 받아 들고 달아났다.

료칸을 벌거벗은 몸으로 앉아 달을 바라보면서 중얼거렸다.

"가련한 사람! 내가 저 아름다운 달까지 줄 수 있었더라면 얼마나 좋았으랴."

 할 말이 없다. 거룩한 청빈(淸貧)은 존재하는 모든 것을 삼켜 버린다.

# 마지막 미소

모쿠겐은 평생 한 번도 웃어 본 적이 없다고 알려져 있었다. 이 윽고 생애를 마칠 때가 되어 자기를 성실하게 따르던 제자들을 불 러 놓고 말했다.

"너희는 1년이 넘게 내 밑에서 공부를 하였다. 너희가 이제 선도 (禪道)를 어떻게 이해하고 있는지 나에게 보여 다오. 누구든지 자 기가 알고 있는 것을 가장 분명하게 보여주는 자가 나의 후계자가 되어 내 겉옷과 밥그릇을 물려받게 될 것이다."

모두 모쿠겐의 엄격한 얼굴을 바라보았다. 그러나 아무도 대답을 하지는 못했다. 오랫동안 스승을 모셔 온 엔쵸오가 침상 곁으로 다 가갔다. 그는 손을 내밀어 약그릇을 조금 밀어 놓았다. 이것이 그 의 대답이었다. 그러자 스승의 얼굴은 더욱 더 굳어졌다.

"이것이 네가 이해한 전부이냐?" 하고 그가 물었다.

엔쵸오는 다시 손을 뻗어 약그릇을 본래 놓여 있던 자리로 옮겨 놓았다. 그러자 모쿠겐의 얼굴에 아름다운 미소가 떠올랐다.

"이놈! 너는 10년 동안이나 나와 함께 살면서 아직 내 몸뚱이를 보지 못했지? 내 겉옷과 밥그릇을 가져가거라. 이제부터는 네 것이 다."

-폴 랩스, 「禪骨肉禪」에서.

본래 있던 자리로 억지를 부리지 말라. 사람들아 - 그것이 길(道)이다.

# 물이 없으니, 달도 없구나

비구니 치요노가 엔가쿠의 난간 아래에서 선도(禪道)를 닦고 있을 때였다. 그는 상당히 오랫동안 명상을 했지만 별다른 결실을 보지 못하였다. 그러던 어느 날, 달 밝은 밤이었다. 치요노는 대나무로 엮은 낡은 물통에 물을 담아 나르고 있었다. 그런데 갑자기 대나무를 엮은 끈이 끊어지면서 물통이 부서졌다. 그 순간, 치요노는 해탈하였다.

그 자리에서 시 한 편을 지었다.

이렇게 또 저렇게 낡은 물통을 건지려 하였네,
대나무 엮음이 느슨해져 부서질 것만 같기에.
그러나 마침내 물통 바닥이 떨어져 나가니
물통에는 더 이상 물이 없구나!
물 없으니 더 이상 달도 없구나!

–폴 랩스, 「禪骨肉禪」에서.

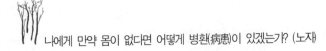

니에게 만약 몸이 없다면 어떻게 병환(病患)이 있겠는가? (노자)

106

# 우습다, 이 몸이여

우습다, 이 몸이여. 아홉 구멍에서는 항상 더러운 것이 흘러나오고, 백 천 가지 부스럼 덩어리를 한 조각 엷은 가죽으로 싸 놓았구나. 또한 가죽 주머니에는 똥이 가득 담기고 피 고름 뭉치라. 냄새 나고 더러워 조금도 탐하거나 아까워할 것이 없다. 더구나 백 년을 길러 준대도 숨 한 번에 은혜를 등지고 마는 것을.

허물이 있거든 곧 뉘우치고, 잘못된 일이 있으면 부끄러워할 줄 아는 데에 대장부의 기상이 있는 것이다. 그리고 허물을 고쳐 스스로 새롭게 되면 그 죄업도 마음을 따라 없어질 것이다.

수도인은 마땅히 마음을 단정히 하여 검소하고 진실한 것으로써 근본을 삼아야 한다. 표주박 한 개와 누더기 한 벌이면 어디를 가나 걸릴 것이 없다.

표주박 한 개와 누더기 한 벌[一瓢一衲]. 표주박 하나와 누더기 한 벌로 자유로울 수 있다면 그 사람이야말로 참으로 탈속한 수도인이다. 우리가 무엇인가를 갖는다는 것은 물론 어떤 필요에 의해서이지만, 반면에 갖는 것만큼 부자유할 때 비로소 온 세상을 차지하게 된다는 이 말은 결코 빈말이 아니다. 그것은 무소유(無所有)의 역리(逆理)이니까. 그러므로 수도인은 아무것도 갖지 않아야 참으로 부자인 것이다. 얽힘에서 벗어나 자유인이 된다는 뜻이다.
　─休靜(西山大師)지음, 法頂 역주 「선가귀감」에서.

# 꿈나라

"우리 스승님은 매일 오후만 되면 낮잠을 주무셨다" 하고 소옌 사쿠의 제자가 옛날을 회상하였다. 우리 어린 학생들이 그 까닭을 물었다. 그랬더니 스승은 이렇게 대답했다. "나는 공자님이 하셨듯이 꿈나라에 가서 옛날의 현자들을 만나 뵙고 왔느니라." 공자님은 주무시는 동안 옛날의 현자들을 꿈에 보았고, 깨어난 다음 제자들에게 그 얘기를 들려주곤 했던 것이다.

그러던 어느 무더운 여름날, 제자들 가운데 몇 명이 스승 몰래 낮잠을 자다가 들켰다. 스승님은 제자들을 꾸짖으셨다. 그러자 제자들은 이렇게 둘러댔다. "저희들도 옛날 공자님처럼 현자들을 만나 뵈러 꿈나라에 갔었습니다." 그 말을 들은 스승님은 더욱 화를 내면서 이렇게 다그치셨다. "그래, 그 현자들에게서 무슨 말을 들었느냐?" 제자 중 하나가 대답하였다. "꿈나라에 가서 현자들을 뵙자, 저희 스승님과 매일 오후만 되면 만나셨느냐고 물어 보았습니다. 그랬더니 그들 대답이 그런 녀석은 알지도 못한다는 것이었습니다."

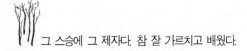 그 스승에 그 제자다. 참 잘 가르치고 배웠다.

# 싸움 닭

기성자(紀省子)라는 자가 임금을 위하여 싸움닭을 기르는데, 열흘 만에 임금이 묻기를, "싸울 만한 닭이 되었는가?" 하므로 기성자는 대답하기를,

"아직 멀었습니다. 지금 건성으로 사나운 척하며 제 기운만 믿고 있습니다" 하였다. 열흘이 또 지나자 물으므로,

"아직도 멀었습니다. 다른 닭의 소리만 듣거나 모양만 보아도 덤비려고 합니다" 하였다. 열흘 만에 또 물으니,

"아직도 안 되었습니다. 다른 닭을 보면 눈을 흘기고 기운을 뽐내고 있습니다" 하였다. 열흘이 또 지나자 물으니,

"이제는 거의 되었습니다. 다른 닭이 울며 덤벼도 조금도 태도를 변치 않습니다. 마치 나무로 깎아 만든 닭처럼 다만 바라볼 뿐입니다. 그래서 그 닭의 덕이 온전해져서 다른 닭이 감히 덤비지 못하고 반대로 달아나 버립니다" 하였다.

기성자와 왕과의 싸움닭에 대한 문답을 빌어 승패에 집착되지 않는 자야말로 무적의 강자요, 무심(無心)만이 최대의 무기임을 밝히고 있다.
　─「莊子」(이석호 역주) 19편 達生에서.

# 씨름꾼 오나미 이야기

명치 시대 초기에 오나미(大浪)라는 유명한 씨름꾼이 있었다. 오나미(大浪)란 이름은 큰 파도라는 뜻이다.

오나미는 힘이 장사인데다가 씨름 기술도 모두 터득하였다. 연습할 때는 자기 스승도 문제없이 이겼다. 그러나 정식 시합에서는 웬일인지 기가 죽어 자기 문하생들한테도 나가떨어지곤 했다.

오나미는 선사(禪師)에게 가서 도움을 받아야겠다고 생각하였다.

마침 떠돌아다니는 선사, 하쿠주가 가까운 절에 머물고 있었다. 그래서 오나미는 그를 찾아가 고민을 털어놓았다.

선생은 그에게 말했다. "오나미(큰 파도)가 너의 이름이다. 그러니 오늘 밤 이 절에 남아, 너 자신이 커다란 파도라고 생각하여라. 너는 더 이상 겁이 많은 씨름꾼이 아니다. 너는 닥치는 대로 아무 것이나 다 집어삼키는 성난 파도이다. 이렇게 명상을 하며 오늘밤을 보내고 나면 이 나라에서 가장 위대한 씨름꾼이 될 것이다."

그리고 선생은 잠자리에 들었다. 오나미는 앉아 자신이 파도라고 생각하며 명상에 들어갔다. 처음에는 이런 저런 생각이 떠올랐지만 차츰차츰 파도의 느낌을 느끼게 되었다. 밤이 깊어 감에 따라 파도도 점점 커졌다. 그 파도들은 꽃병의 꽃들을 떠내려 보냈다. 절간의 불상도 들썩거렸다. 새벽녘이 되자 절이 망망대해에 떠 있는 나무 조각에 불과하였다.

아침이 되었다. 선생이 들어와 부드러운 미소를 띠고 명상을 계속 하고 있는 오나미를 보고 그 어깨를 두드리며 말했다. "이제는 아무 것도 너를 꺾지 못한다. 너는 큰 파도니까. 네 앞에 있는 것은 무엇이든 삼킬 것이다."

그날, 오나미는 씨름장에 나가 이겼다. 그 뒤로 일본에서는 아무도 그를 이기지 못했다.

－폴 랩스, 「禪骨肉禪」에서.

우리는 모두 좋은 이름을 지녔다. 이름만큼만 되어라.
아무도 너를 이길 수 없을 것이다.

# 굴

젠카이는 무사(武士)의 아들이었다. 그는 에도 지방을 여행하다가 한 고관 집에 고용인이 되었다. 거기서 고관 부인과 사랑에 빠졌는데 마침내 들켰다. 젠카이는 제 몸을 지키려다가 그만 고관을 죽였다. 두 남녀는 도망을 쳤다.

둘은 하는 수 없이 도둑이 되었다. 그런데 여자가 너무 탐욕스러워 젠카이는 견딜 수가 없게 되었다. 이윽고 여자를 내버려두고 멀리 부젠 지방을 떠돌아다니게 되었다. 거기서 비렁뱅이가 되었다.

젠카이는 잘못 살아 온 과거를 보상하는 뜻에서, 목숨이 붙어 있는 동안에 뭔가 좋은 일을 하기로 마음먹었다. 그는 한 마을에 가파른 벼랑길이 있는데 사람들이 그 길로 다니다가 상처를 입거나 목숨을 잃는 일이 자주 있음을 알고 그 산에 굴을 뚫기로 했다.

낮에는 음식을 빌어먹으면서 밤에 굴을 파기 시작하였다. 30년이 흐르고 나니 20피트 높이에 30피트 넓이로 2,280피트의 굴이 뚫렸다.

이제 2년만 더 파면 굴이 완성될 것 같았다. 그런데 그 때 젠카이가 죽인 고관의 아들이 칼싸움의 명수가 되어 그 앞에 나타났다. 그는 당장 젠카이를 죽여 아버지 원수를 갚으려 했다.

젠카이가 그에게 애원을 하였다.

"이 일만 끝내게 해 다오. 일이 끝나면 두말없이 네 칼을 받겠다."

그래서 고관의 아들은 기다려 주기로 했다. 하루가 지나고 이틀이 지나고 몇 달이 지나도록 젠카이는 계속 굴을 팠다. 고관의 아들은 아무것도 하지 않는 것이 지루해 그를 도와 같이 굴을 파기 시작했다. 그렇게 1년쯤 지나자 그는 젠카이의 강한 의지와 성품을 존경하게 되었다.

마침내 굴이 완성되자 사람들은 편안하게 그리로 다닐 수 있게 되었다.

"자 이제 내 목을 치게. 일은 다 끝났으니."

젠카이가 말했다.

그러자 젊은이는 눈물을 뿌리며 대답하였다.

"제 스승의 목을 어찌 칠 수 있겠습니까?"

부모의 원수를 갚는 것을 당연한 덕(德)으로 생각하는 일본에 이런 이야기가 있다는 사실은 그것만으로도 놀라운 일이다. 이것 역시 불교가 아니고는 어림없는 일 아닐는지. 종교란 무엇인가? 사람을 혈연에서 풀어 하늘에 맺어 주는 것. 그 자리에 설 때 지난날의 한을 앙갚음한다는 것은 참으로 어리석은 짓일 뿐이리라.

# 행복한 목소리

반케이가 입적(入寂)한 뒤, 그의 사원 곁에 살던 한 소경이 자기 친구에게 이렇게 말했다.

"나는 눈이 멀어서 사람의 얼굴을 볼 수가 없네. 그래서 나는 목소리를 듣고 그의 성격을 판단해야만 한다네. 대개 어떤 사람이 다른 사람의 행복한 일이나 성공을 축하해 주는 말을 들을 때 나는 그 목소리 속에 은근히 숨어 있는 질투의 가락을 들을 수 있지. 또 다른 사람의 불행을 위로해 줄 때도 나는 그 위로하는 자의 목소리 속에, 무언가 상대방의 불행 때문에 자기에게 돌아올 것이 있음을 진심으로 기뻐하는 만족과 즐거움의 가락이 숨어 있는 것을 듣는다네.

그런데 내가 들은 반케이 스님의 목소리는 언제나 진실했어. 그가 행복을 말할 때면 나는 행복 말고 다른 아무 것도 들을 수 없었네. 그가 슬픔을 말할 때는 슬픔이 내가 들을 수 있는 모든 것이었어."

내 형제 여러분, 우리는 모두 실수하는 일이 많습니다. 말에 실수가 없는 사람은 온 몸을 잘 다스릴 수 있는 완전한 사람입니다. 말[馬]은 입에 재갈을 물려야 고분고분해집니다. 그래야 그 말을 마음대로 부릴 수가 있습니다.

또 배를 보십시오. 거센 바람의 힘으로 움직이는 크나큰 배라도 아주 작은 키 하나로 조종됩니다. 이와 같이 혀도 인체에서 아주 작은 부분에 지나지 않지만 엄청나게 허풍을 떱니다.

아주 작은 불씨가 굉장히 큰 숲을 불살라 버릴 수도 있습니다. 혀는 불과 같습니다. 혀는 우리 몸의 한 부분이지만 온 몸을 더럽히고 세상살이의 수레바퀴에 불을 질러 망쳐 버리는 악의 덩어리입니다.

인간은 모든 들짐승과 새와 길짐승과 바다의 생물 등을 길들일 수 있고 또 지금까지 길들여 왔습니다. 그러나 사람의 혀를 길들일 수 있는 사람은 아무도 없습니다. 혀는 휘어잡기 어려울 만큼 악한 것이며 거기에는 사람을 죽이는 독으로 가득 차 있습니다.

우리는 같은 혀로 주님이신 아버지를 찬양하기도 하고 하느님의 형상대로 창조된 사람들을 저주하기도 합니다. 같은 입에서 찬양도 나오고 저주도 나옵니다.

내 형제 여러분, 이래서는 안되겠습니다. 같은 샘구멍에서 단물과 쓴 물이 함께 솟아나올 수 있겠습니까?

내 형제 여러분. 무화과나무에 어떻게 올리브 열매가 달릴 수 있으며 포도 덩굴에 어떻게 무화과 열매가 달릴 수 있겠습니까? (야고보서 3.2-12)

# 3

## 가난해지는 계절

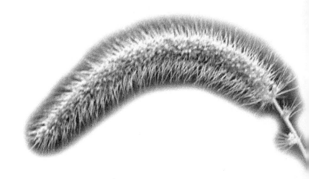

# 크리스마스에 세상을 둘러보니

크리스마스. 참 좋은 날입니다. 마음껏 기뻐해야 할 예수님 생신 날입니다. 이 날은 우리 예수 믿는 사람들에게만 기쁜 날이 아닙니다. 전 세계 사람들이, 예수님을 믿건 안 믿건, 즐기는 날입니다. 우리나라에서도 작년부터 크리스마스를 공휴일로 정해서 모든 백성들이 일손을 쉬고 하루를 즐기게 되었습니다.

이 날에는 텔레비전도 하루 종일 나옵니다. 통행금지도 없습니다. 가수들이 다투어 가며 크리스마스 노래도 부르고 찬송가도 부릅니다. 애인들은 선물을 주고받습니다. 부모들은 아이들에게 선심을 씁니다. 멀리 떨어져 있는 친구들 사이엔 예쁜 카드가 오갑니다. 모두가 즐겁고 행복해 보입니다.

그런데,

이렇게 세상 사람들이 모두 기뻐하고 즐기고 신나는데 자세히 보니 그렇지 못한 사람이 있습니다. 시인 ㅇ씨는 지금 감옥에 있습니다. ㅂ목사님도 역시 감옥에 들어 가 계십니다. 두 사람 다 잘못이라면 눈에 보이는 대로 보고 하느님께서 주신 양심대로 말한 것뿐입니다. 그런데 그게 나라 법에 걸린 것입니다. 우리가 사는 세상이란 이런 곳입니다. 예수님을 국가 내란 음모죄로 고발하는 세상입니다. 예수님을 미워하지 않고는 배겨내지 못하는 세상입니다. 나아가서 하느님까지도 미워하는 세상입니다. 이런 세상에서 마음을 사, 차갑고 쓸쓸한 감방에서 외롭게 크리스마스를 맞이하고 또 보내야 하는 사람이 어디 ㅇ씨와 ㅂ목사님뿐이겠습니까?

그런가 하면 품팔이꾼 ㅊ씨 같은 사람도 있습니다. 배운 것도 없고 돈도 없어 막노동을 합니다. 그래서 어린 동생들을 학교에 보내고 늙으신 어머니를 모셔야 합니다. 그런데 며칠 전 뜻밖의 사고로 허리를 다쳤습니다. 병원에 갈 돈이 없어서 약방에서 파스만 사다가 붙였는데 도무지 쉽게 나을 것 같지 않습니다. 철부지 동생들은 교회에 가서 노래도 배우고 하는 모양입니다만 ㅊ씨에게는 서럽기만한 나날입니다.

둘러보니, 온 세상이 이런 사람들로 가득 차 있는 걸 어찌합니까? 예수님께서 왜 하필이면 냄새나는 구유에 태어나셔야 했는지 그 까닭을 조금 알 듯합니다.

(1978년 12월 24일)

# 묵은해를 보내는 마음

그 누구도 가는 세월 붙잡을 수 없어 이 해도 오늘, 12월 31일로 끝나는가 봅니다. 지나간 세월을 돌이켜 보면 왜 그런지 한스럽고 서글퍼지기만 합니다. 다시는 돌아갈 수 없는 과거, 그것은 이미 액자 속에 들어간 그림이요 굳어 버린 화석(化石)이기 때문인지도 모릅니다.

생각해 보면 재미있고 신나는 일도 많았지만 한편으로는 한숨짓고 남모르게 눈물을 흘려야 했던 일도 많았습니다. 생생하게 기억에 남는 일도 있지만 그보다 더 많은 일이 망각의 구름 속에 묻혀 버리고 말았습니다. 어쩌면 이렇게 잊을 수 있다는 것이야말로 하느님께서 사람을 사랑하시기에 베풀어주신 모든 은총 가운데서도 가장 값진 은총인지도 모릅니다. 우리는 마음에 상처를 입었던 무섭고도 슬픈 일을 잊고 싶어 합니다. 때로는 잊을 수가 없어, 아니 도무지 잊혀 지지가 않아, 해묵은 상처의 아픔을 달래느라 잠을 이루지 못하기도 합니다. 그러기에 이 나라 겨레의 한(限)을 노래한 시인, 김 소월도

못 잊어 생각이 나겠지요
그런대로 한 세상 지내시구려
사노라면 잊힐 날 있으리다

라고 읊조리다가 끝에 가서는

그러나 또 한편 이렇지요
"그리워 살뜰히 못 잊는데
어쩌면 생각이 떠지나요?"

라고 되묻지 않을 수 없었던가 봅니다. 그렇습니다. 시인은 솔직했습니다. 아무리 잊으려 해도 잊혀 지지 않는 과거가 우리 모두에게는 그림자처럼 붙어 있습니다.

그러나 지난날의 '그림자' 때문에 내일을 향한 우리의 발걸음이 어지러워진다면 그것은 너무나도 커다란 손해가 아닐 수 없습니다. 그림자는 그림자입니다. 그것은 우리의 '뒤에' 있어야 합니다. 태양을 향해 걸어가는 사람의 그림자는 결코 그의 앞길을 어지럽힐 수가 없습니다.

"다만 나는 내 뒤에 있는 것을 잊고 앞에 있는 것만 바라보면서…"(바울로)

그렇습니다. 묵은해를 보내는 우리의 마음은 곧 밝아 오는 새해를 맞이하는 마음입니다. 지난날의 그림자를 뒤에 두고 내일의 태양을 바라보는 마음입니다.

(1978년 12월 31일)

# 잠들기 전에 가야 할 길이 있다

죽변 삼거리에 통행금지가 풀리고 새벽이 밝아 오면 하나 둘 사람이 나다니기 시작합니다. 거기 길이 있기 때문입니다. 그러다가 해가 지고 밤 12시 통행금지가 되면 사람들의 모습은 사라집니다.

오늘도 사람은 태어나고 또 죽어 갑니다. 길은 어제의 그 길이지만 그 위를 걷는 사람은 어제의 그 사람이 아닙니다. 사람은 어제로 돌아갈 수 없기 때문입니다. 사람은 누구나 하루하루 살아가면서 늙습니다. 아이는 소년이 되고 소년은 청년이 되고 청년은 장년이 되고 장년은 노인이 됩니다. 노인은 마침내 새로 태어나는 아이에게 자리를 내어 주고 지금까지 걸어 온 길에서 내려섭니다. 안개 속으로 사라지듯 그의 모습은 더 이상 보이지 않습니다.

> 이것이 누구의 숲인지 나는 안다.
> 그의 집은 물론 마을에 있지만,
> 그는 내가 여기 멈추어 서서, 눈 쌓이는
> 자기 숲을 바라보고 있는 것을 모르리라.
> ……………..
> 내 작은 말은 방울을 흔들어
> 무엇이 잘못되었는가 묻는다.
> ……………..

숲은 아름답고 검고 깊은데
그러나 나에게는 지켜야 할 약속이 있고
잠들기 전에 가야 할 길이 있다.
잠들기 전에 가야 할 길이 있다.

　로버트 프로스트의 「눈 오는 저녁, 숲가에 서서」라는 시(詩)입니
다. 지금까지 우리는 잘 걸어 왔습니다. 간혹 주저앉아 버리고 싶
은 생각이 들 때도 있었지만 용하게 버티고 걸어 왔습니다. 한 해
를 보내고 새해의 문턱을 막 넘어선 이 순간, 다시 한 번 허리띠를
조이고 신발 끈을 매어 봅니다. 앞에는 아직도 잠들기 전에 가야
할 길이 남아 있기에.

(1979년 1월 7일)

# 천리안 (千里眼)

옛날, 망원경이 없던 때에 먼 곳을 잘 보는 사람을 천리안(千里眼)을 가진 사람이라고 했습니다. 천리 밖의 일을 다 보는 사람이란 뜻이겠지요.

「국어사전」을 찾아보니까 '천리안-(명) 먼데서 일어난 일을 즉각적으로 감지하는 능력'이라고 풀이해 놓고는 '투시(透視)'와 같은 뜻도 된다고 했더군요. 그래서 다시 '투시'라는 말을 찾아보았습니다.

'투시---(명) 막힌 물체를 틔워 봄. 환히 꿰뚫어 봄.'

결국, '천리안'이란 첫째 멀리 보며, 둘째 바르게 보는 눈이라고 하겠습니다.


이스라엘 백성이 약속의 땅을 찾아 광야를 건널 때였습니다. 그들이 아모리 민족을 여지없이 무너뜨리자 이웃 나라 모압의 왕 발락은 겁이 더럭 났습니다. 그래서 어떻게 할까 망설이다가 노인들의 말을 듣고 아마윗 사람들이 사는 브돌에 심부름꾼을 보내 발람을 불러 왔습니다. 발람이라는 사람은 '천리안'을 가졌는데 그가 저주하는 사람은 저주를 받고 축복하는 사람은 축복을 받는다는 소문이 널리 퍼져 있었던 것입니다.

발락은 발람에게, 모압 땅을 쳐들어오고 있는 이스라엘을 저주하여 몰아 내 달라고 간청하였습니다. 발람은 발락을 따라 세 번씩이나 산꼭대기에 올라가   천리안   을 빛내며 이스라엘 진영을 내려다보았습니다. 그러나 그가 본 것은 이스라엘을 감싸고 있는   저주   가 아니라   축복   이었습니다. 그는 말했습니다.

"브올의 아들 발람의 말이다. 천리안을 가진 사내의 말이다.

하느님의 말씀을 듣고 하는 말이다.

전능하신 하느님을 환상으로 뵙고, 엎어지며 눈이 열려 하는 말이다.

야곱아 너의 천막이 과연 좋구나!

이스라엘아 네가 머문 곳이 참으로 좋구나!…

야곱에게서 한 별이 솟는구나. 이스라엘에게서 왕권이 일어나는구나

그가 모압 사람들의 관자놀이를 부수고…"

발락이 저주는커녕 축복을 내리는 거냐고 야단이었지만, 하느님 앞에서   엎어지며 눈이 열린   발람으로서는 어쩔 수 없는 일이었습니다.

(1979년 1월 14일)

# 팔레비 왕의 슬픔

마침내 지난 16일, 2천 5백 년간 이어져 온 다리우스 왕가(王家)의 팔레비란 왕이 눈물을 흘리며 조국의 흙 한 줌 들고 미국으로 떠났습니다. 자기 말로는 "피곤해서 잠시 휴가를 가는 것"이라고 했다지만, 그가 다시 살아서 이란 땅을 밟으리라고 생각하는 사람은 거의 없는 모양입니다.

38년이라는 오랜 세월, 가난과 무지(無知)로 허덕이는 백성을 좀 더 잘 살게 해 보겠다는 일편단심으로 나라를 다스렸는데, 그래서 마침 석유가 쏟아져 나와 어렵사리 '잘 사는 나라, 잘 사는 국민'으로 끌어 올렸는데 이제 와서 바로 그 백성들이 들고일어나 왕을 몰아내고는 길거리에 세워져 있던 그의 동상마저 끌어내려 짓부셔버린 것입니다.

팔레비 왕이 흘린 눈물의 참 뜻은 당사자가 아닌 담에야 그 누구도 모를 일입니다만, 그것이 기쁘고 감격스러워 흘리는 눈물이 아니라는 것 정도는 세 살 먹은 아이라도 알 것입니다.

1941년 스물도 채 안된 젊은 나이로 왕위에 오른 팔레비 왕은 저 옛날 그들의 선조가 이룩했던 대 페르시아 제국을 다시 이루어 보겠다는 벅찬 꿈을 안고 일을 시작하였습니다. 그가 처음부터 늘 말해 온 것은, 이란이 미국이나 소련 같은 외국의 그늘로부터 벗어나야 하는데 그러자면 스스로 힘센 나라가 돼야 한다는 것이었습니다. 그가 말하는 힘센 나라란 즉 '돈 많은 나라' 였습니다. 백성들도 그의 말이 맞다고 생각했습니다. 그래서 1962년 몇몇 종교 지도자들과 대지주들의 반대가 있었지만 백성들은 팔레비 왕의 '백색 혁명'을 전적으로 지지했던 것입니다. 그러나 그 후 20년도 채우지 못해 사정은 거꾸로 바뀌고 말았습니다. 뒤늦게 백성들은 깨달았던 것입니다. 돈 많아 잘사는 것도 좋지만 인간으로서 누려야 하는 '자유'가 더 좋다는 사실을! 독재자의 정원에서 살찌는 돼지보다는 봄 하늘 드높이 노래하는 종달새가 더 숭고함을.

자기가 떠나는 것을 환영하여 꽃 뿌리고 술잔 부딪치는 백성을 뒤에 두고 손수 비행기를 몰아 망명길에 오르는 팔레비 왕의 눈물을 생각하면서, 이렇게도 마음이 무거워지는 까닭을 모르겠습니다. 키리에 엘레이송! (주여, 불쌍히 여기소서).

(1979년 1월 21일)

# 함께 잘 사는 길

"잘 살아보세 잘 살아보세, 우리도 한 번 잘 살아보세……"

새마을 운동이 처음 시작될 무렵인가, 삼천리 방방곡곡에 새벽부터 밤중까지 메아리치던 노래의 첫 구절입니다. 너무나도 오랜 세월, 가난에 찌들려 온 우리 겨레는 이 노래를 주문 외듯 따라 불렀습니다. 그 노래 덕분인지 우리네 살림살이가 십년 전과 비교해 볼 때 확실히 '잘 살게' 된 것은 틀림없는 사실 같습니다. 농촌만 들여다봐도 웬만한 마을에는 모두 전기가 들어가고 자가용 수도에다 밤마다 안방에서 텔레비전으로 멋쟁이 가수들의 노래를 보고들을 수 있게 됐으니까요. 그런데도 농촌 청년들은 해마다 더 많이 도시로 빠져나갑니다. 그리고 한번 도시에서 살아 본 사람은 좀처럼 시골로 돌아오려 하지 않습니다. 왜 그럴까, 그 까닭이 짐작됩니다. 농촌이 잘 살게 됐다고 어깨를 좀 펴 보려 했는데 알고 보니 도시는 '훨씬 더' 기가 막히게 잘 살고 있더라 이 말 아니겠어요?

그래서 이 문제를 놓고 얘기하다가, 아무래도 '있는' 사람들이 좀 더 가난하게 살아야겠다고 말할라치면 "우리의 목표를 없는 사람을 있는 사람 생활수준으로 끌어올리는 데 두어야지 있는 사람을 없는 사람 생활수준으로 끌어내리는 데 두어서는 안 된다"고들 합니다. 말인즉 옳습니다. 함께 잘 살아야지요.

그런데, 생각해 봅시다. 오토바이를 타고 가는 사람이 자전거 타고 가는 사람에게 "함께 갑시다"고 해 놓고는 속력을 있는 대로 다 낸다면 "함께" 갈 수 있을까요? 없습니다! 온통 돈 놓고 돈 먹는 세상을 만들어 놓고 돈이 돈을 벌어들이게끔 만들어 놓고 없는 사람에게 서 있는 사람처럼 "잘 살아 보라"니, 누구 약을 올리는 겁니까?

키 큰 어른과 키 작은아이가 악수를 하려면 어른이 허리를 굽히지 않으면 안 됩니다. 함께 잘 사는 길은 하나 밖에 없습니다. 있는 사람이 그 있는 것을 없는 사람과 나누어 먹어야 합니다. 또는 나누어 먹지 않을 수 없게 해야 합니다. 이것은 예수께서 가르쳐 주신 길이기도 합니다. 이렇게 뻔한 이치를 모르고 어째서 엉뚱한 소리를 늘어놓는지 정말 답답한 일입니다.

(1979년 1월 28일)

# 참 말

엊그제 맞선을 본 ㄷ양은 마음이 고무풍선 마냥 부풀었습니다. 상대방은 중학교 체육 선생입니다. 첫 인상부터가 마음에 들었는데 그쪽에서도 ㄷ양을 좋아하는 눈치였습니다. 토요일 오후 두시에 단 둘이 만나기로 약속이 되어 있습니다. 그러나 ㄷ양의 마음 한 구석에는 검은 구름이 드리워 있습니다. ㄷ양은 집안 사정으로 초등학교 밖에 다니지 못했습니다. 그런데 상대방은 대학교를 나온 중학교 선생입니다. 어울릴 수 있을까? 아직 그는 ㄷ양이 국졸(國卒)이라는 사실을 모릅니다. 이대로 말만 하지 않으면 다른 사람들처럼 그도 ㄷ양을 고졸(高卒) 쯤으로 보게 될 것입니다. ㄷ양은 실력으로는 고등학교를 나온 친구들 못지않다고 스스로 자부합니다. 사실 남모르게 책도 많이 읽었고 노력도 많이 했습니다. 어떻게 할까? 맞선을 중매한 이모님은 고졸이라고 말하랍니다. 너는 실력이 있으니까 눈치조차 채지 못할 것이라면서, 그럴지도 모릅니다. 그러나 그렇게 해서 결혼했다고 하면, 언제까지나 고졸 행세를 할 수 있을까? 언젠가 사실이 밝혀지겠지. 이모님은, 그러나 아이들 낳고 살면서 네가 국졸인 게 밝혀진 들 그때 가서야 어쩌겠느냐는 것입니다. 딴은 그럴듯한 말입니다. 그때 가서, 당신은 국졸인 주제에 고졸이라고 속였으니 우리의 결혼은 무효라고 하지는 못하겠지요. 그러나 자기를 보는 남편의 눈이 달라질 것만은 분명합니다. 아내를 의심하는 남편, 그런 가정은 생각조차 하기 싫습니다.

ㄷ양은 망설이다가, 누구든지 예수님 대하듯 대하라는 말이 생각났습니다. 그래! 그 남자가 예수님이라면 속인다는 건 처음부터 있을 수 없는 일이지. 이번에 만나서 "나는 초등학교 밖에 못 나왔습니다. 그래도 좋아요?" 하고 물어 보리라. 좋다고 하면 결혼하는 것이고 싫다고 하면 그만두는 거야. 국졸이기 때문에 싫다는 그런 남자는 나도 싫어.

이렇게 생각하니 ㄷ양의 마음 한 구석을 어둡게 하던 검은 구름은 온데간데없이 사라지고 갑자기 눈앞이 환해졌습니다. 답답한 새장에서 벗어난 종달새처럼 휘파람을 불면서 만나기로 한 토요일 오후 두시를 기다립니다. 말과 행동을 언제나 예수님 앞에서 하듯 하는 사람은 거짓말을 못합니다. 덕분에 그의 마음은 언제나 맑고 환하여 어디 한 구석 걸리는 데가 없습니다. 참으로 자유합니다.

(1979년 2월 4일)

# 예수쟁이, 예수꾼

기독교 신자들이 '예수쟁이' 또는 '예수꾼'이라고 불리던 때가 있었습니다. 상당히 익살맞으면서도 생각해 보면 바르게 붙여 준 별명 같습니다.

'XX장이'라고 하면 사람의 직업, 모습, 성격 등을 나타내는 말에 붙어 그 방면에서는 도가 통한 사람이란 뜻입니다. '땜장이' 하면 땜을 때워 먹고사는 사람이라는 뜻이요 '심술장이' 하면 심술부리는 데는 남에게 뒤지지 않는 사람을 말합니다. 또 'XX꾼'이란 말도 마찬가지입니다. '씨름꾼' 하면 씨름을 맡아 놓고 하는 사람이요 '낚시꾼' 하면 낚시에 미친 사람이라는 뜻입니다.

그러니 '예수쟁이' 또는 '예수꾼'이라 함은 '예수로 먹고사는 사람' '예수 밖에는 모르는 사람' '예수에 미친 사람' 등, 이런 뜻이 아니겠어요? 얼마나 좋습니까? 적어도 '예수꾼'이라는 말을 들으려면 "예수로 시작해서 예수로 끝내 주는" 사람이어야 합니다.

진짜 낚시꾼은 낚시로 시작해서 낚시로 끝나는 사람입니다. 고기를 잡기 위해 낚시질을 하는 사람은 아직 진짜 낚시꾼이 못됩니다. 고기 잡는 데만 신경을 쓰다 보면 낚시의 참 맛을 깨치지 못하고 맙니다. 물론 처음에는 한 마리 두 마리 고기를 잡는 맛에 낚시질을 합니다만 점점 '꾼'이 될수록 잡아 올리는 고기보다는 '낚시' 그 자체의 맛과 멋에 빠지게 마련입니다. 그래서 마침내는 '강태공의

곧은 낚시'라는 낚시꾼 최고의 경지에까지 이를 수 있는 것입니다.

예수꾼이 되는 것도 마찬가지입니다. 처음에는 "복을 받기 위해" "병 낫기 위해" 또는 다른 무슨 목적으로 예수를 믿기 시작했다 가도 믿고 믿고 또 믿는 가운데 마침내 예수님 자신에게 깊숙이 빠져 버리는 것이 진짜 예수꾼(크리스천)의 모습입니다. 그렇게 될 때 비로소, "죽어도 예수, 살아도 예수, 오직 예수를 위해"라는 바울로의 신앙에 도달할 수 있는 것입니다.

이왕 예수꾼이 될 바에는 고기야 잡힐 테면 잡히고 말 테면 말아라, 나는 낚시가 좋더라 하고 앉아 있는 낚시꾼처럼 복(福)이야 주실 테면 주시고 말테면 마십시오. 나는 당신이 좋아 당신을 따르겠습니다 하고 나서는 진짜 예수꾼이 될 일입니다. 사람들이 다시 우리를 '예수쟁이' '예수꾼'으로 불러 줬으면 좋겠습니다.

(1979년 2월 25일)

# 피의 꽃

벌써 진해에는 벚꽃 망울이 움텄다는 소식입니다. 봄이 되니 시샘 바람 심하다 해도 꽃은 피나 봅니다. 피겠지요, 머지않아 우리 마을 뒷산에도 붉은 진달래가 불길처럼 피어오를 것입니다. 그러나, 아직 피어나지 못한 꽃이 있습니다. 눈 녹은 물을 뿌리로 빨아들여 민들레 할미꽃은 피어나는데, 기다리는 사람 많건마는 여태 피어나지 못하는 꽃이 있습니다. 그것은 피를 마셔야 피는 꽃입니다. 우리가 살고 있는 이 땅은 저 아벨의 피를 비롯하여 숱한 가슴에서 솟구쳐 나온 피로 붉게 물들여져 있건만 그래도 피가 부족해서인지, 인류가 이토록 기다리는 자유와 평화의 꽃은 아직 활짝 피지 못했습니다.

그 피는 어떻게 흘리는 피입니까? 그것은 억울하게 흘리는 피입니다. 죄 없이 흘리는 피입니다. 미워하기에 흘리는 피가 아니라 사랑하기에 흘리는 피입니다. 남을 찌름으로써 흘리는 피가 아니라 내가 찔림으로써 흘리는 피입니다.

나는 네 사랑
너는 내 사랑
두 사랑 사이
칼로 썩 비면

고우나 고운
핏덩어리가
줄줄줄 흘러
나려 오리라
한나라 땅에 골고루 뿌려서
떨어지는 곳마다
꽃이 피어서
봄맞이하리


   단재(丹齋) 신채호(申采浩) 선생이 망명길에 올라 압록강을 건너
며 읊었다는 노래입니다. 나라 사랑하는 내 사랑, 나 사랑하는 나
라 사랑, 이 사랑을 칼로 썩 베면 거기에서 피가 솟구쳐 나와 땅을
적시고 그 피로 물든 곳에서 꽃이 피리라는, 창자를 끊는 듯한 노
래입니다. 그러나, 그가 애타게 기다리던 조국 광복은 이미 이루어
졌건만 아직도 이 땅에는 참된 자유와 평화의 꽃이 피어나지 못했
으니…… 얼마나 더 많은 피를 흘려야 한단 말입니까? 얼마나 더
많은 그리스도가 십자가에서 붉은 피를 뿌려야 한단 말입니까?
   지금은 2천 년 전 골고타를 물들였던 붉은 피에 대한 추억에 한
가로이 젖어 있을 때가 아닙니다. 60년 전 우리의 선조들이 금수강
산 위에 흘린 피를 찬양만 하고 있을 때가 아닙니다. 아직, 우리가
기다리는 꽃은 피지 않았습니다.

(1979년 3월 4일)

# 이상한 재판

때와 장소에 따라 재판 제도가 조금씩 다른 모양입니다만, 언제 어느 나라의 재판소에 가 봐도 우리는 세 가지 사람을 볼 수가 있을 것입니다. 우선 재판을 하는 사람 즉 재판관이 있습니다. 그리고 재판을 받는 사람(피고)이 있고 끝으로 재판을 부탁한 사람(원고)이 있습니다.

'갑' 이라는 사람이 닭을 잃어버렸습니다. 알고 보니 '을' 이 훔쳐 갔다는 것입니다. '갑' 은 '병' 이라는 재판관에게 '을' 을 데리고 가서 재판을 요청합니다. '병' 은 두 사람의 말을 잘 듣고 또, 다른 증인들의 말도 듣고 해서 '을' 의 죄를 심판합니다. 다시 물어볼 것도 없이 심판을 받는 사람은 피고인 '을' 입니다.

그런데 간혹, 참 이상한 재판이 벌어지고 있는 것을 봅니다. 재판관이 피고를 심판하는 것이 아니라 거꾸로 피고가 재판관과, 그를 고발한 원고를 심판하는 것입니다. 그 가장 대표적인 예가 바로 빌라도 법정의 예수 재판입니다.

대 사제를 비롯한 유다인 지도자들이 원고가 되어 예수님을 죄인이라고 고소하였습니다. 그들의 주장을 뒷받침하기 위해 데려 온 증인들도 있었습니다. 그들은 한결같이 예수가 죄인이니 사형을 받아야 한다고 주장하였습니다. 빌라도는 양심껏 조사해 본 결과 예수님이 사형 당할 만한 죄인이 아님을 알아냈지만, 고발자들의 압력이 너무 세어서 그만 사형 언도를 내리고 말았습니다. 요즘 말로 판사가 검사한테 눌린 것입니다. 어쨌거나 재판은 끝났고 빌라도는 물을 떠다가 손까지 씻었습니다. 그러나 재판은 그렇게 끝나지 않았습니다. 그 후의 역사는, 그날에 빌라도의 법정에서 심판 받은 자가 결국은 빌라도 자신이요, 예수님을 고발했던 자들이요, 예수님을 죄인으로 만들기 위해 거짓 증언을 한 무리들이라는 사실을 똑똑히 증언하고 있는 것입니다. 이것을 사람들은 역사의 심판이라고 합니다. 우리는 이것을 하느님의 심판이라고 합니다. 하느님의 심판은 결코 덮어씌우거나 봐주는 일이 없습니다. 그러기에 하느님의 심판이야말로 무서운 것입니다.

'빌라도의 재판'은 그 후에도 세계 곳곳에서 되풀이되어 왔고 지금도 되풀이되고 있습니다. 독립투사 이정수(李正洙)선생의 말대로 "옳은 것이 그른 것이 되고 그른 것이 옳은 것이 되는"(眞是誤矣誤是眞) 세상이 끝날 때까지는 계속될 것입니다. 이런 세상에서 '죄인'됨을 두려워할 것 없습니다.

(1979년 3월 25일)

# 사람들이 믿든 안 믿든

그것은 믿을 수 없는 일이었습니다. 세상에 그보다 더 반가울 수 없는 소식이었지만, 그러기에 더욱 믿을 수 없었습니다. 무덤에 묻히는 것을 분명히 보았는데 살아나다니! 뭔가 잘못된 것입니다. 빈 무덤을 확인하고 온 여자들이 예수께서 살아 나셨더라고 했지만 사람들은 믿지 않았습니다. 마르코는 그래서 "그들은 예수께서 살아 계시다는 것과 그 여자에게 나타나셨다는 말을 듣고도 믿으려 하지 않았다"고 기록하였습니다. 당연한 일입니다. 죽은 사람이 다시 살아나다니! 얼토당토않은 소리입니다.

그러나, 사람들이 믿든 안 믿든 예수께서는 살아나셨습니다! 그런 엉터리없는 억지가 어디 있느냐고 온 세상 사람들이 다 일어난 대도 할 수 없습니다. 죽은 것은 죽은 것이고 산 것은 산 것입니다.

부활을 무슨 말로 설명할까? 바울로는 밀알이 썩어 다시 난다는 자연의 섭리로 부활을 설명코자 했으나, 그의 설명으로 부활 사건이 입증되지는 않았습니다. 루터는 죽음이란 상상 못할 넓은 세계로 통하는 '좁은 문'이라고 했습니다. 사람의 말로 표현할 수 있는 가장 근사하고 훌륭한 설명 같습니다. 예수 그리스도 부활은 직접 눈으로 보고 귀로 들은 사람들조차 믿을 수 없는 그런 사건이었습니다.

그러나 설명할래야 설명할 말이 없고 믿을래야 믿을 수가 없지만 예수 그리스도께서는 부활하셨습니다. 복음서는 그러기에 부활을 '설명' 하지 않습니다. 다만 부활 사건을 '기록' 했을 뿐입니다.

좌우간 그분은 다시 사셨고, 우리 앞에는 부정 못할 분명한 사실 하나가 버티고 서 있습니다. 그것은 이 세상이 전쟁터라는 사실입니다. 전쟁은 언제고 끝날 것입니다. 예수께서 죽으셔야 했던 것처럼 우리도 언젠가 죽어야 합니다. 아무도 이 사실을 안 그렇다 할 수 없습니다. 전쟁이 끝나면 패잔병과 개선군으로 나뉠 것입니다. 우리는 모두 그 두 편 중 어느 한 쪽에 속할 것입니다. 지금 우리가 예수의 편에 서는 것은 그날에 패잔병이 되지 않기 위해서입니다. 이것이 우리의 '믿음' 입니다. 비웃고자 하는 자는 비웃으라 합시다.

(1979년 4월 15일)

# 해송 (海松)

　모두가 어림짐작으로라도 알고 있을 만한 일입니다만, 바닷가의 소나무들은 키가 작습니다. 저 속리산이나 오대산 같은 깊은 산 속에서 보게 되는 우람하게 치솟은 낙락장송을 바닷가에서는 볼 수가 없습니다. 무언가 소나무의 성장을 억누르는 기운이 있는지, 특히 바다가 보이는 산언덕의 소나무들은 모두 비틀려 있거나 키가 난쟁이들입니다. 가만히 이치를 생각해 보니 그럴 만도 합니다. 사시사철 바다에서 불어오는 소금기 먹은 비릿한 바람이 소나무의 가지를 흔들어 대고 있으니 무슨 기력으로 아름드리가 될 수 있겠습니까? 영양실조에 걸린 듯한 모습으로 바람에 시달리고 있는 소나무들을 바라볼 때마다, 저것은 영락없이 우리들의 모습이로구나 하고 생각하게 됩니다.

　그러나 자꾸 들여다보고 웬일인지 애착이 가서 쓰다듬어 주기도 하는 사이에 소나무의 끈질긴 생명력을 볼 수 있었고, 그것은 거의 놀랄 만한 일이었습니다. 저 불영사 뒤 계곡의 가파른 바위 병풍 틈바구니에 뿌리를 박고 마치 동굴 속의 작은 짐승이 하늘을 향해 모가지를 뽑아 올리듯 서 있는 소나무들의 모습이란, 숭고하기까지 합니다. 동해 바닷가의 소나무에는 송충이가 없습니다. 이 또한 바다의 짠바람 탓인지 모르지요. 그렇다면 과연 얼마나 신나는 일입니까?

5월도 이미 하순, 드디어 해변에 노란 송화(松花) 가루가 가득합니다.

　먼 먼 봄이 여기에도 아득히 짙어

　어디서 와서 어디로 가는지 문득

　만산(滿山) 적적히 송화(松花) 파도 일고

　고사(古寺)에 찾는 노승(老僧)의 긴 눈썹에도

노란 꽃가루 – 靑馬 유치환의 「松花」.

송홧가루는 바람을 잘 타는 나름대로의 생리 때문에 태평양을 건넌다고 합니다. 소나무는 우리나라 나무입니다. 비틀린 모습이 보기도 싫거니와 쓸모도 별로 없으니 모두 뽑아 버리고 여러모로 쓰임새가 많은 낙엽송을 심자는 이도 있는 모양입니다만 나무고 사람이고 크고 쓰임새 좋다고 해서 무조건 좋은 것은 아닙니다. 그렇다면 우리는 만날 서양 키다리의 무릎 아래에서 기어야 할 것입니다. 죽변 해송의 송홧가루는 한반도를 채우고 나아가 태평양을 건너 지구를 덮습니다.

(1979년 5월 27일)

# 분단 시대

역사학자 강만길씨는 지금 우리가 살고 있는 이 시대를 '분단 시대'라는 말로 표현하였습니다. 남과 북이 한 민족, 한 나라이면서 갈라져 있는 시대란 말입니다. 그리고 또 하나 분명한 것은 남과 북에 살고 있는 그 누구를 붙잡고 물어 봐도 다시 합하는 것을 반대하는 사람은 없으리라는 것입니다. 백이면 백 모두가 통일을 바란다고 할 것입니다. 그런데 참말로 이상한 일입니다. 분단 30년, 한 세대가 저물어 가는 오늘에도 통일의 조짐조차 보이지 않으니……

'원호의 달' 6월을 맞아 상이용사의 아픔을 위로하는 것도 좋습니다만, 이 허리 잘린 조국(어머니)의 한 맺힌 슬픔은 어찌해야 좋단 말입니까?

슬픈 모습이여, 나라의 영혼을 상징하는 저 늙은 어머니
그의 육신은 조국처럼 가냘픈데
갈색의 두 눈에 괴인 눈물은 진주알인가
이마의 깊은 주름은 아프게 갈아엎은 밭이랑인가
슬픈 모습이여, 가슴이 찢어진 저 늙은 어머니
한 쪽은 큰놈 하이에게
한 쪽은 작은놈 바에게

그는 두 녀석 중 누가 공산주의자인지 모른다
그는 두 녀석 중 누가 반공주의자인지 모른다
사랑하기에 흐르는 눈물이 커튼 되어
붉은 것과 푸른 것을 분간 못하게 하니
그가 알고 있는 것은 다만
저녁이 되면 슬프다는 것, 아주 아주 슬프다는 것
그리고 큰놈의 피도 작은놈의 피도 한 가지로 붉다는 것뿐이다.

－ 베트남의 승려 트루 부의 '어머니의 사랑' 전문.

우리의 모든 것은 이 늙은 어머니(조국)의 아픔을 위로하고 그 찢어진 가슴을 꿰매기 위한 것이어야 합니다. 몸져누워 있는 어미는 잊어버리고 자신의 즐거움만 찾는 자는 자식 이전에 이미 인간이랄 수가 없습니다.

(1979년 6월 17일)

# 모든 거짓에 종지부를!

아홉 살 된 어린 소년이 시장 바닥에 서 있습니다. 바쁘게 소리치며 물건 파는 사람들을 신기한 듯 바라봅니다. 그러다가 이 아이의 눈길이 사과 장수 아주머니의 사과 상자에 못 박히듯 꽂혔습니다. 너무나도 탐스럽게 익은 사과 알을 보고 먹고 싶어서였을까요? 아닙니다. 아이의 눈은 마치 현미경을 들여다보는 과학자의 눈처럼 빛을 내며 잘 보이지 않는 사과 상자 속을 뚫고 들어갑니다. 거기 상자의 깊은 속에는 설익은 사과, 못생긴 사과가 가득 채워져 있습니다. 겉의 잘 보이는 곳은 잘 익은 사과로 덮고 속은 못난이, 설익은 사과로 채운 것입니다. 아이의 조그만 얼굴이 타는 숯덩이처럼 빨갛게 달아오르더니 아홉 살짜리 작은 손이 사과 상자를 움켜잡는가 했는데 어느새 상자는 엎어지고 거기 담겼던 사과들은 좌르르 시장 바닥에 쏟아져 굴러갑니다. 사과 장수 여인이 발악을 하며 아이를 붙잡고 마구 때립니다. 아이는 도망치지도 않고 여인의 욕설과 매질을 받아들입니다.

—18세기 말과 19세기 초에 걸쳐, 흐물흐물 무너져 내리던 동구라파 유다민족의 신앙을 다시 견고하게 일으켜 세운 하시드 운동의 높은 봉우리였던 비극적인 인물, 라삐 메나헴 멘들의 어렸을 적 모습입니다. 그는 그 후로도 일생 동안 허울 좋은 견본으로 나쁜 알맹이를 감싸는 것을 보면 때와 장소를 가리지 않고 '사과 상자'를

144

둘러엎었습니다. 이 미친 시대에 우리가 할 일이 무엇이냐고 누가 묻자 그는 단 한 마디로 대답하였습니다. "모든 거짓에 종지부를 찍어라!" 그러나 "속는 것을 원하는 세상"은 그를 미워하였고, 그는 죽을 때까지 외로움이라는 성에 갇혀 지내야 했습니다. 그가 폴란드 땅 코츠크에서 고독한 싸움을 싸울 때, 밤바다 같은 덴마크의 '교회'를 상대로 외로이 투쟁한 키에르케고르는 마지막 숨을 거두던 해(1885)에 쓴 「나는 무엇을 원하는가?」에서 "단순하다. 나는 정직(正直)을 원한다"고 했습니다. 바로 그 이유 때문에 그들은 외로웠지만 외로웠기에 그들은 세계를 바로잡는 하느님의 일에 큰 몫을 담당할 수 있었습니다. 이 땅의 전후좌우 상하 내외를 가득 채우고 있는 이 안개 같은 '거짓'을 누가 몰아낼 것입니까? 속이는 것도 속는 것도 참을 수 없어 불꽃처럼 타오르는 어린이의 분노! 아쉽습니다.

(1979년 7월 1일)

# 말[言語] 도둑

말[言語]을 훔치는 자들이 있습니다. 예를 들어, ‘나라 사랑[愛國]’이라는 말이 있습니다. 나라를 사랑하는 사람은 나라를 사랑하기 때문에 나라 살림을 꾸려 나가는 자들이 잘못하는 걸 그냥 놔둘 수가 없습니다. 그러므로 정치가가 잘못하면 그 잘못을 지적해 주고, 여전히 잘못을 계속한다거나 아예 고칠 생각조차 하지 않는다면 그로 하여금 정치를 하지 못하게 하는 것이 참된 ‘나라 사랑’입니다. 지난 번 다녀 간 카터 미국 대통령도 이와 비슷한 말을 했습니다. 이런 사람이 이런 뜻으로 ‘나라 사랑’을 호소한다면 그것은 말[言語]을 도둑맞지 않은 것입니다. 그런데 만일 “나라 사랑이란 정치권력을 잡은 자의 말에 따르고 복종하는 것”이라고 주장하는 사람이 ‘나라 사랑’을 강요한다면 그것은 말을 훔친 것입니다. 참된 나라 사랑은 결코 어느 정권이나 집권자에게 무조건 복종하는 것이 아니기 때문입니다.

말[言語]은 옳게 쓰여야 합니다. 비뚤어진 뜻으로 사용될 때 말은, 사람을 크게 다치게 합니다. “자유를 지킨다”는 말로 ‘자유’를 억압하고 “평화를 이룬다”는 말로 ‘평화’를 깨뜨리는 일이 이래서 생기는 것입니다.

그리스도의 사랑을 실천하겠다는 뜻을 앞세워 설립된 어느 결핵 환자 요양소에서 직원들에게 좀 더 솔직한 사랑의 실천을 호소하는 환자를 병원 질서를 어지럽게 했다는 구실로 내쫓아 버렸습니다. 병원 당국자들이 만든 질서를 유지하기 위하여 "이웃을 네 몸처럼 사랑하라"는 하느님의 질서를 여지없이 깨뜨린 이들이야말로 '사랑' '자선' '봉사' 등 거룩한 말[言語]을 훔쳐, 돼지처럼 짓밟은 도둑들입니다. 무조건 퇴원을 명령하고 즉시 밥과 약을 끊어 버리더라는 얘기를 듣고는 화가 나서 견딜 수 없었습니다. 세상에 전쟁터의 포로수용소에서도 있을 수 없는 일이 그리스도의 이름 아래 일어나다니!

예수께서 왜 유달리 바리사이파 사람들, 서기관과 율법 학자들을 미워하셨는지 그 까닭을 알 만합니다. 자기는 조금도 가난하지 않으면서 가난한 자…… 어쩌고저쩌고 하는 목사들, 자기는 가진 자의 특권을 모조리 찾아 누리면서 고난 받는 민중…… 어쩌고저쩌고 하는 것들 ―이 모두가 저주받을 말[言語] 도둑놈들입니다.

(1979년 7월 8일)

# 쥐치 골치

어떤 집에 점심 초대를 받아 갔더니 쥐치 회가 나왔습니다. 커다란 양푼에 수북이 담긴 쥐치 회를 보고 "아아— 쥐치 회구나" 하고 입맛을 다시는 데 한 청년이 "골치횝니다" 하고 말을 고쳐 주는 것이었습니다. "골치라나?" "요즘 죽변 어장에 쥐치가 너무 많이 들어 너도나도 골치랍니다. 그래서 쥐치가 아니라 골치지요."

우리는 '골치회'를 맛있게 먹으면서 쥐치가 골치 된 내력을 들었습니다. 보름쯤 전부터 갑자기 죽변 근해의 어장(정치망)에 쥐치가 들기 시작하여 판장에 쥐치가 산더미처럼 쌓이게 되면서 값이 떨어지더니 마침내 어장에서 판장에까지 싣고 오는 경비가 나오지 않을 정도로 값이 내렸고 게다가 수협(水協)에서도 얼마만큼 이상은 받아들이지 않겠다고 나오는 바람에 하는 수 없이 잡힌 고기를 다시 바다에 쏟아 버리는 소동을 빚게까지 됐다는 것입니다. 그 동안 안 잡히던 날을 생각하면 아깝고 아깝지만 하는 수 없이 바다에 버려야 하니 이래저래 어부들의 골치만 아프게 되었습니다.

지난 봄, 한참 고기가 잡히지 않을 때 우리는 어서 쥐치라도 빨리 나야겠다면서 얼마나 기다렸습니까? 그러다가 산더미처럼 쌓이게 되니 이젠 좀 덜 잡혔으면 하고 바라면서, 쥐치만 보면 골치가 아프다고들 합니다. 이것이 우리네 '서민 경제'를 그대로 드러내 보여주는 꼴이 아닌가 생각됩니다. 마늘 농사도 그렇습니다. 조금 안

돼도 골치요 잘 돼도 골치인 마늘 농사, 농민은 언제나 골치만 아프고 재미는 엉뚱한 장사꾼들이 봅니다. 안 잡히면 안 잡혀서 골치아픈 쥐치잡이, 많이 잡히면 많이 잡혀서 골치 아픈 쥐치잡이, 이것이 우리가 살고 있는 현실입니다. 정부쪽에서도 이 현실을 타개해 보려고 온갖 노력을 다 기울여(?) 석유 값도 올려 보고 쌀값도 올려 보고 하는 모양입니다만, 결국 "바깥 사정이 어수선하므로 국민이 정부를 못 믿어도 할 수 없다"(부총리)는 데까지 왔습니다. 온 나라가 이렇게 '바깥 사정' 때문에 흔들리는 판에 서민들의 경제가 안정되기를 바라는 것은 너무 허황된 희망인지도 모르겠습니다.

　아무튼 물가 파동의 바람은 제법 높게 일기 시작하였습니다. 이 험한 파도 위를 맨발로 걸어오시는 예수님의 모습이 그립습니다.

(1979년 7월 13일)

# 낮은 곳으로

골짜기에 흐르는 물을 보고 노자(老子)는 "최고의 선덕은 물과 같다"[上善若水]고 하였습니다. 물은 낮은 곳으로 흐르면서 저 자신의 이로움을 찾지 아니하고 모든 것을 살게 하는 데 우리가 찾는 도(道)가 그렇다는 것입니다.

예수께서도 "나는 길[道]이라" 하셨습니다. 과연 그는 낮은 곳으로, 낮은 곳으로 내려 오셨습니다. 당신의 이익은 조금도 생각하지 않으셨습니다. 태어날 때부터, 인간으로서는 더 이상 낮아질 수 없는 자리인 구유에 누우셨고 출가(出家)하여 사람들을 가르치기 전에는 노동자로 사셨습니다. 그리고 그는 십자가 위에서 마지막 숨을 몰아쉬실 때까지 내려가고 또 내려가셨습니다.

내려가는 물은 당당합니다. 그리고 단순합니다. 부끄러움을 모릅니다. 어린 아이 같습니다. 그러기에 그 누구도 감히 앞을 막지 못합니다. 이것이 바로 도(道)입니다. 그것은 너무나도 분명하여 오히려 잘 보이지 않습니다.


어느 날 한 수도승이 조주선사(趙州禪師)를 찾아 왔다. "이제 방금 이 수도원에 들어 왔습니다. 원컨대 도(道)를 좀 가르쳐 주소서."

조주가 물었다. "자네는 오늘 밥을 먹었는가?"

수도승이 대답하였다. "예, 먹었습니다."

조주가 말했다. "그러면 밥그릇을 씻는 게 좋겠군."

그 순간, 수도승은 깨달았다.

이 이야기에 대하여 무문(無門, 1183~1260)은 이렇게 주석을 달았습니다.

조주는 입을 열어 마음을 보여 주는 사람이다. 이 수도승이 정말 조주의 마음을 보았는지는 의문스럽다.


그것은 너무나도 분명하여 오히려 보기 힘드네

한번은 등불을 켜 들고 불[火]을 찾아 헤맨 못난이가 있었지

그가 만일 불이 어떤 건지 알았더라면

좀 더 빨리 밥을 지을 수 있었을 텐데.


진리를 터득하기 위하여 먼 곳을 헤맬 필요는 없습니다. 왜냐하면 진리이신 예수께서 우리의 바로 곁에, 흐르는 물처럼, 계시기 때문입니다. 당당하고 단순하게 사는 사람은 새삼스럽게 말하지 않아도 이미 알고 있습니다.

(1979년 8월 12일)

# 누명 (陋名)

누명(陋名)이란 말의 뜻은 '더러운 이름'입니다. 만일 누가 남의 물건을 훔치지 않았는데도 도둑으로 몰려 감옥에 갇힌다면 그 사람이 "도둑이라는 누명을 썼다"고 합니다. 세상에 가장 억울한 일 중 하나가 누명을 쓰는 것입니다. 호랑이는 죽어 가죽을 남기고 사람은 죽어 이름을 남긴다는데, 터무니없게도 더러운 이름을 뒤집어써야 한다는 것은 환장할 일이 아닐 수 없습니다.

'누명'이라는 말이 나오면 반드시 그 뒤에 '쓴다' 또는 '씌운다'는 말이 따라 붙습니다. 누명이란 처음부터 남이 뒤집어씌우게 되어 있는 것입니다. 이때 나쁜 것은 누명을 쓰는 쪽이 아니라 누명을 씌우는 쪽입니다. 갑이라는 사람이 살인한 일이 없는데도 '살인자'라고 불린다면 그것은 그가 '살인자'라는 누명을 쓴 것입니다. 마찬가지로 공산주의자가 아닌데도 '빨갱이'라고 불린다면 그것은 그가 '빨갱이'라는 누명을 쓴 것입니다. 이 경우 진짜로 벌을 받을 자는 누명을 쓴 자가 아니라 누명을 씌운 자입니다.

약 30년 전 미국에서 매카아디라는 국회의원이 주동이 되어 미국 정부 내의 공산 당원을 가려 뽑는 일이 있었습니다. 그 때, 평소에 나라 일을 놓고 이러쿵저러쿵 따지고 들던 사람들 중에 숱한 인사가 빨갱이로 몰려 마구잡이로 당했습니다. 이 사건을 '매카아디 선풍'이라 합니다. 우리나라에 한 때 이 매카아디 선풍이 불었

더랬습니다. 자유당 정권이 무너지기 직전, 정부에 반대하는 사람들은 「빨갱이」라는 누명을 쓰고 감옥에 갇혔습니다.

요즘, 「도시산업선교회」라는 기독교 단체가 공산주의 아니냐는 말을 듣는 모양입니다. 대통령이 특별 조사를 명령할 정도까지 되었습니다. 이들이 하는 말이 빨갱이는 아니더라도 붉으죽죽하다는 것입니다.

조사를 한다니 하라는 수밖에 없습니다만, 마침내 불행한 결과를 빚어 "도시산업선교회는 빨갱이"라는 도장이 찍힌다 해도 너무 어리둥절할 건 못됩니다. 우리 기독교인들의 머리이신 예수께서도 황제 모독죄에 내란 예비 음모 및 선동죄를 범한 죄인이라는 터무니없는 누명을 쓰고 돌아가셨으니 말입니다. 다만 이번 기회에 우리 쪽에서도 과연 거칠 것 없이 깨끗하고 당당했던가를 깊이 반성해야 할 것입니다. 그렇다면 누명 아니라 누명 할아버지를 씌운대도 겁날 것 없습니다.

(1979년 8월 19일)

# 풀벌레 울음소리

　요즘처럼 답답하고 안타깝고 서럽고 억울하고 게다가 무엇이 그리 답답하고 안타깝고 서럽고 억울한지도 잘 모르겠는 때에는 하느님이 커다란 귀[耳]라고 생각됩니다. 그 귀는 그냥 듣기만 하는 귀입니다. 이 땅 위에 한 치의 공간도 남겨 두지 않고 가득 차 있는, 이것은 누구의 신음일까요?

　　밤중 쯤 일어나
　　부르는 소리 있어 뜰아래 서니
　　사방에 가득 한 것이
　　어둠이 아니다

　　밤중 쯤 일어나
　　뜰아래 서서
　　벌레들의 우는 까닭을
　　배운다, 벌레들은 이렇게
　　밤에 울어, 캄캄한 밤에만 울어
　　사방에 가득 한 것이
　　어둠이 아님을 가르쳐준다
　　밤을 채우고 있는

이것은 어둠이 아니라
부르고 대답하여 다시 부르는 설움이라고

　밤중에 일어나 밤을 가득 채우고 있는 것이, 어둠이 아니라, 이름 모를 풀벌레들의 울음소리인 것을 알았을 때, 그것은 작은 혁명과도 같았습니다.

　이 호소할 곳도 없는 어두운 역사 속에 실은 낭랑한 인간의 울음소리가 가득 차 있는 것을, "졸지도 주무시지도 않으시는" 하느님께서는 처음부터 알고 계셨을 것입니다.

　밤중에 듣는 풀벌레 울음소리는 가슴 아픕니다. 아프기에 그것은 아름답습니다.

　세월이 캄캄할수록, 새벽의 기약이 감감할수록 낭자하게 목 놓아 우는 사람들이 있습니다. 하느님의 커다란 귀에 그들의 울음소리 가득 차면, 하늘 자락 걷히고 이 땅의 가시덤불에 거룩한 불꽃이 다시 타오를 것입니다.

(1979년 9월 2일)

# 반성할 만한 때

한 목동이 꾀꼬리에게 말했습니다.

"노래를 부르렴."

꾀꼬리가 대답하였습니다.

"개구리 소리가 너무도 시끄러워요. 저 소리를 들으면 노래할 기분이 싹 가시는 걸요? 당신은 저 개구리 소리가 들리지 않아요?"

그러자 목동이 이렇게 말했습니다.

"물론, 들리지. 그렇지만 네가 잠잠하니까 저 소리가 내 귀에 들리는 게 아니겠니?"


과연 옛 예언자의 말대로, 먹을 것이 없어 목이 마른 것이 아니라 하느님의 말씀이 없어서 목이 마른 세상입니다. 여기저기에서 내 말을 좀 들어 달라고 외치는 자는 많건마는, 그래서 듣기는 듣습니다만, 도무지 믿어지지가 않습니다. 어째서 우리의 마음을 감동시키고 뜨거운 눈물을 자아내는 '아름다운 이야기'들은 먼 곳으로, 멀고 먼 가장자리로 밀려 가 버리고 믿을 수 없는 얘기, 믿어지지 않는 얘기, 믿고 싶지 않은 텅 빈 얘기들만이 홍수처럼 이렇게 밀어닥치는 것일까요? 너무나도 뻔한 거짓말을, 웃돌 빼어 아랫돌 괴는 식으로 늘어놓는 사람들이 거드름을 피우며, 우리가 서성거리고 있는 이 쓸쓸한 거리를 내려다보는데, 여전히 들려오는 소라는 난데없는 약속 이요 훈시 요 담화문 입니다. 이 모든 것의 까닭은 어디에 있습니까? 누구에게 그 책임이 있습니까? 정치가에게? 기업인에게? 학자들에게? 아니면 노동자에게?

아닙니다. 이렇게 삭막한 세상이 된 까닭을 밖에서만 찾으려 할 게 아닙니다. 그러다가는 마침내 우리 모두가 거짓말과 거짓말로 꾸민 광고, 선전, 약속들에 파묻혀 숨이 지고 말 것입니다. 이렇게 삭막한 세상이 된 까닭을 이제쯤 안에서 찾을 때가 되었습니다. 바로 내가 그들의 거짓을 억누를 수 있을 만큼 진실을 노래하지 않았기 때문에, 이 나라의 교회들이 고성능 확성기로 주민들의 새벽잠을 깨우는 일에만 열심일 게 아니라 거칠어진 백성의 마음을 다독거려 줄 영혼의 송가를 불러 주지 못한 까닭에…… 우리는 지금 진실하고 아름다운 노래를 불러야 합니다. 아니면 살아 있다는 게 다만 부끄러운 일이 될 것입니다.

(1979년 9월 9일)

# 무법자 (無法者)

성서에는 '법이 있으나 아예 무시해 버린 또는 무시하지 않을 수 없었던' 무법자들이 생각보다 훨씬 많이 있습니다.

우선 모세의 출생을 도와 준 히브리 산파 둘이 무법자였습니다. 그 때엔 에집트 왕으로부터 모든 산파들에게, 히브리인의 아기를 받되 아들은 무조건 죽이라는 명령이 내려져 있었습니다. 왕의 명령은 곧 법이었으니까 그 두 산파는 모세를 죽였어야 합니다. 만일 그들이 "악법도 법이니 지켜야 한다"는 생각을 품고 있었다면 오늘 인류는 모세라는 위대한 법률가, 정치인, 행정가, 재판관, 예언자, 역사가, 시인, 사제를 모르고 있을 것입니다. 그러나, 반갑게도 그 두 산파는 임금의 법 정도를 우습게 아는 '무법자'였습니다!

베드로는 어떻습니까? 누구든지 나자렛 예수의 부활을 선전하는 자는 엄벌에 처하겠노라는 '긴급 조치'가 떨어졌는데도 큰 소리로 "예수는 부활하셨다. 너희가 죽였지만 다시 사셨다"고 증언하다가 체포, 구속당했습니다. 재판 받는 자리에서 그가 내뱉은 말은, "내가 하느님 법을 따르는 게 옳으냐, 사람 법을 따르는 게 옳으냐? 너희가 판단하라!" 이 얼마나 통쾌한 한 마디입니까?

바로 이것입니다. 이 통쾌한 한 마디를 할 수 있어야 합니다. 이 것이 최후의 승리자 예수를 대장으로 모신 십자가 군병 될 자격입니다.

이렇게 역사를 보면, 오늘날 이 나라 기독교인들이 왜 대통령으로부터 "모든 종교 활동은 국법을 지키는 테두리 안에서" 하라는 말을 새삼스럽게 들어야 하게 됐는지, 또 그 말을 어찌 들어야 할는지 분명해집니다. 물론 지금 우리나라에서 제일 높은 법은 '유신헌법' 입니다. 그러나 하느님의 살아 있는 법인 그리스도 앞에서는 천 년 전통의 모세 법도 한갓 쓰레기일 뿐이었습니다. (필 3 : 8)

이렇게 말하는 것은 기독교인이 무슨 치외법권 지대(법의 힘이 못 미치는 곳)에 산다는 말이 아닙니다. 기독교인도 백성인 이상 나라 법을 어기면 벌을 받아야지요. 당연한 일입니다. 다만, 기독교인은 나라 법이 무서워 눈앞에 분명한 하느님의 법을 짐짓 어기는 그런 사람은 아니라는 말입니다. 우리는 하느님의 정의와 평화를 위해 언제 어디서든 '무법자' 될 용의가 있는, 있어야 하는 자들입니다.

(1979년 9월 23일)

# 감추인 것은 드러나고

　금당(金當)이라는 골동품 가게 주인이 그의 운전사, 아내와 함께 자취를 감춘 지 석 달 만에 참혹한 시체로 발견되었습니다. 한 마디로 끔직한 사건이었습니다. 범인은 서른여덟 살 먹은 젊은 사람인데 자기 사업의 밑천을 대려고 골동품 가게 주인을 죽였다는 것입니다. 그가 사건 당일 세 사람을 차례로 죽여 자기 집 뜰에 묻어 버린 것도 모르고 경찰은 수만 명이 동원되어 사라져 버린 세 사람의 행방을 찾아 헤맸습니다.

　너무나 감쪽같이 일을 처리했기 때문에 아무도 눈치조차 채지 못하였다고 합니다. 범인은 사람을 죽이고 빼앗은 돈으로 옷가지를 사서 시골로 다니며 행상을 했다니, 그의 심장에는 과연 털이라도 났는지, 소름이 끼쳐질 지경입니다. 무엇보다도 '사람'이란 짐승이 이렇게까지 잔인하고 독한가 생각하면 무섭기 짝이 없습니다. 으슥한 밤길에 사람 만나는 게 제일 무섭다는데 그도 그렇겠습니다.

　그러나, 이제 다시 한 번 머리 흔들어 맑게 하고 가다듬어 보고 싶은 생각은, 과연 세상에 영원한 비밀은 없구나 하는 것입니다.

　아무리 땅을 깊이 파 그 속에 감추고 위에다 흙을 덮고 또 그 위에 나무를 심고해도 드러날 것은 언제고 드러나게 마련입니다. 이번 사건에서 형을 도와 시체를 암매장했던 범인의 동생이 매일 밤 악몽에 시달려 고통을 겪었다고 합니다. 억울하게 죽은 세 사람의 혼백들이 돌아갈 곳으로 가지 못하고 떠돌아다니면서 그의 꿈에 나타났던 모양이지요. 옛날 카인의 손에 죽은 아벨의 생명(피)을 땅이 받아들이지 않자 돌아갈 곳을 잃은 아벨의 피가 하느님께 부르짖었다는 이야기를 생각나게 합니다. 예수님도 말씀하셨습니다.

"감추인 것은 드러나게 마련이고 비밀은 알려지게 마련이다."

그렇기 때문에 우리가 참으로 두려워해야 할 분은, 모든 감추인 것을 드러나게 하시고 비밀은 알려지게 하시는 바로 그분이십니다.

세상에 비밀은 없습니다. 모든 조작극(없는 일을 있었던 것처럼 꾸며 만드는)은 반드시 백일하에 드러납니다. 더욱이 그것이 아벨이나 금당(金當) 주인처럼 억울한 사람의 생명을 해치면서 만들어진 비밀이나 조작극일 때에는 어김이 없습니다. 이것이 하느님의 법이고 동시에 우리의 희망입니다.

(1979년 9월 30일)

# 망 월 (望月)

 사람들이야 땅 위에서 무슨 추잡하고 창피한 짓들을 하든, 시절
은 어김없어 올해도 한가위 둥근 달은 두둥실 떠올랐습니다. 등대
꼭대기에 걸려 있는 달을 쳐다보는 마음은 웬일인지 쓸쓸하고 슬프
기만 합니다.

 달아, 무심한 달아
 너는 어쩌자고 혼자서 떠올라
 이제는 옛날을 잃어버리고
 눈물과 가난과 보릿겨 같은 인정 모두 잃어버리고
 모래 위의 마른 바람뿐인 이 세상을 비추고 있느냐
 사람들은 좋은 술 먹고 흥청거리는데
 들기름 같던 그 인심 간 곳이 없고
 여기는 도무지 사람 사는 데가 아니로구나

 인건이 할머니는 말하기를, "목사님, 오늘은 기쁜 사람도 있고
슬픈 사람도 있지요" 합니다만 이 동강난 반도 강산 흰 옷 입은 백
성 치고 오늘 슬프지 않은 사람 있을까 싶습니다. 사람이라면 마땅
히 저 희고 창백한 보름달이 숨죽여 울고 있는 소리를 들어야 할
것입니다. 무엇이 슬퍼 울고 있을까요? 사람이 사라져 가는 것을

슬퍼하겠지요. 사람이란 잘 먹고 잘 입어 사람이 아닙니다. 바르게 살아야 합니다. 그런데 보십시오. 웃대가리부터 꼬리에 이르기까지 뇌물이라면 사족을 못쓰는 것들, 아무렇게 라도 벌어라, 나라야 어떻게 되든 말든 우선 나부터 살고 보자는 돼지만도 못한 것들이 높은 자리 낮은 자리 할 것 없이 차지하고 앉아서……

보름달을 망월(望月)이라고도 합니다. 망(望)이란 바라본다는 뜻과 함께 바란다는 뜻도 있습니다.


달아, 말없는 달아
그렇다 한들 인간의 먼지와 욕심으로는
이리도 넘치는 너의 빛을 막을 길 또한 없으니
다만 이 설움 둘 곳 몰라 너를 다시 바란(望)다.

(1979년 10월 7일)

# 역사의 강 (江)

우리나라 역사를 보면 나라에 어려운 일이 생길 때마다 그 원인은 일차적으로 다스리는 자들의 잘못에 있었습니다. 임진왜란이 그랬고 병자호란, 임오군란, 동학혁명, 6·25 …… 일부러 꼽아 볼 필요도 없습니다. 그런데 그 때마다 다스리는 자들은, 백성들이 게으르고 명령을 잘 듣지 않고 못나게 굴어서 그런 것이라며 애꿎은 백성들에게 그 책임을 뒤집어 씌웠습니다. 참으로 분통터지고 웃기는 일입니다!

오늘날 '동학란'(일본 놈들의 말을 빌려)의 책임이 전봉준과 그를 따른 농민들에게 있다고 보는 역사가는 없습니다. 당시의 썩어빠진 관리들, 무능한 임금, 외세의 힘을 빌어서라도 제 자리를 지켜야겠다는 도적놈 같은 정부 각료들이 '동학란(亂)'의 원흉인 것입니다. 그런데도 꾐에 넘어가, 즉 소수의 불평과 반항심으로 가득 찬 불순분자들의 꾐에 "부화뇌동 하야" 민심을 어지럽히고 질서를 파괴한 어리석은 농민들이 주릿대를 안을 놈들이었습니다. 그래서 그대로 되었습니다. 전봉준이를 비롯한 '주모자'들은 체포되어 목이 떨어져 나갔고, 민심을 어지럽히고 질서를 무너뜨려 잠시나마 임금과 높은 대감들의 간담을 서늘케 한 자들은 떼죽음을 당했습니다. 전라도 땅은 눈물을 삼키듯 그들의 피를 꿀컥꿀컥 삼켰고 사방은 조용해져 마침내 "언제 소요가 있었냐 싶게 완전히 정상을 회복한" 이 땅에는 일본 놈들의 군화 소리가 칭기즈 칸의 북소리처럼 울렸습니다.

잘못은 저희 놈들이 실컷 저질러 놓고, 그 당연한 결과로서 「난리」가 일어나니 "몇몇 불순분자들과 그들의 선동에 넘어간 불량배들에게" 죄를 뒤집어씌우고 '다수의 선량한 백성을 위하여' 그것들을 엄한 법으로, 그것도 안 되니까 왜놈들의 총칼을 빌려 다스리겠다는 것이 그들의 논리였습니다.

그러나 이 따위 논리로는, 흐르는 물을 둑으로 막아 놓고 막혀 있던 물이 마침내 넘쳐 둑을 무너뜨림에 책임은 물에 있다고 주장하는 그런 식의 억지로는, 이 도도하게 흐르는 역사의 강(江)을 막지 못합니다. 이 강은 흐르고 다시 흘러 끝내 자유와 평등이 가득찬 하느님의 바다에 이르고 말 것입니다.

"부질없는 말로 나의 뜻을 가리는 자가 누구냐?" (욥기 38 : 2)

(1979년 10월 21일)

# 사람은 누구나 죽어

사람은 한번 태어나 한번 죽습니다. 사람뿐만이 아닙니다. 무릇 이 세상에 생명을 지니고 태어난 것은 언제고 반드시 죽습니다. 이 것은 아무도 거역할 수 없는 하느님의 법입니다. 죽음을 당할 때, 또는 남이 죽어 가는 것을 볼 때 우리는 이 하늘처럼 무거운 하느 님의 법을 아니 느낄 수가 없습니다.

어제 아침, 박정희 대통령의 사망 소식을 듣고 놀라지 않은 사람 이 없었을 것입니다. "졸지에" 그가 숨을 거두었다는 소식을 듣고 는, 그렇게 허무한 죽음이 있을까 하는 생각과 그분 역시 하느님의 법 앞에서는 무력하기 짝이 없는 '인간' 이었음을 새삼스럽게 깨달을 수 있었습니다. 죽음은 한 순간 모든 인간을 동일하게 만들고, 죽 음 앞에서 사람들은 너그러워집니다.

땅의 길은 땅 위에서
끝나지 않는다.
땅의 길은 땅 끝에서
하늘이 시작되는 땅 끝에서,
안개처럼 흩어진다.
사람은 죽으면 누구나
깃털처럼 가볍다.

인생길 그 누가 피곤치 않았으랴.
사람은 죽어 옷을 벗고
푸른 깃털처럼 가볍게
먼지 털고 욕심 털고
모든 피곤 털어버리고
하늘에 오른다, 가볍게
하늘에 올라 악수를 한다.


　과연, 성서 말씀대로 사람이 사람을 무서워할 까닭은 없습니다. 우리가 진정 무서워할 것은 우리의 죽음 뒤에 우리를 심판할 역사의 눈길입니다. 죽은 생명을 또 다시 죽일 수 있는 하느님의 공정하신 심판입니다.

(1979년 10월 28일)

# 초라한 장사 (葬事)

사람이 살거나 또는 죽어 가는 중에 가장 비참한 일은 그의 생명력을 잃는 것이라 하겠습니다. 생명력이란 끊임없이 숨 쉬고 자라나는 힘입니다. 그러므로 멀쩡하게 살아 있는 사람도 일단 '우상화' 되고 말면 볼장 다 보는 것입니다. 우상이란 겉으로 보아 굉장한 것 같지만, 실은 움직이지도 자라지도 못하는 송장에 지나지 않기 때문입니다.

우리는 생물이 금(金)물을 뒤집어쓰고 있는 것을 볼 수 없습니다. 그러나 한편, 우상치고 금 또는 은으로 칠하지 않은 것이 없습니다. 우상의 본질은 이렇게 꾸미는 데 있습니다.

사람도 스스로 꾸미든 남이 꾸며 주던 본래의 모습을 감추고 사람의 손으로 꾸며 만든 다른 모습으로 나타난다면 그는 싫든 좋든 우상이 되고 마는 것입니다. 우상은 자신은 물론 다른 사람까지 무너지게 합니다. 인간 히로히토가 천황[神]이 되었을 때 그는 일본 열도를 삼키고 전 아시아와 태평양 지역을 전쟁의 소용돌이 속에 몰아넣고 말았습니다. 히로히토 자신에게보다 그를 신(神)으로 격상시키고 (이것이 실은 그를 비극의 주인공으로 떨어뜨린 것입니다만) 그를 방패삼아 자신의 야욕을 채우려던 교활한 일본 군벌에게 더 큰 문제가 있긴 했습니다만.

예수는 평생 우상과 더불어 싸우신 분입니다. 그는 다만 하느님한 분께만 절을 하셨습니다. 다른 아무것도 경배하지 않으셨습니다. 동시에 그는 자신을 우상으로 만들고자 하는 뭇사람들의 뜻을 단호하게 뿌리치셨습니다. 사람들이 자기를 우상처럼 받들고자 할 때 그것을 뿌리치기란 참으로 힘든 일이 아닐 수 없습니다. 이에 견주어 볼 때 우상에게 절하지 않는 것은 오히려 쉬운 일입니다. 살아생전 일체의 꾸밈(화장)을 용납하지 않으신 예수는 돌아가신 뒤에도 사랑하던 여인들이 시체에 바르는 향유를 가지고 갔을 때 이미 더 이상 어떻게 꾸밀 수 없는 영체(靈體)로 부활하시어 끝내 사람 손의 꾸밈을 거절하셨습니다.

생각이 이에 미치매, 조가(弔歌)도 헌화도 조문 사절도 일절 없이 남의 무덤을 잠시 빌어 쫓기듯 묻히신 초라하기 짝이 없는 우리 주님 예수의 장사(葬事)가 그렇게 아름답고 향기로울 수가 없습니다.

(1979년 11월 4일)

# 가난해지는 계절

북에서 찬바람이 불어오니 산과 들의 나무들이 옷을 벗습니다. 겨울을 대비하여 사람들은 모두 두터운 옷을 꺼내 입는데 나무는 오히려 알몸이 됩니다. 무성하던 잎들을 모두 떨어뜨리고 마른 가지로 서 있는 앙상한 가을 나무들의 휘파람 소리를 우리는 듣습니다.

"사람들아, 머지않아 겨울이다. 겨울은 어둡고 추운 계절. 당신들의 옷을 벗어 버려라. 그리고 순수해져라. 무슨 욕망을 아직도 매달고 있는가? 무슨 근심을 아직도 품고 있는가? 가을은 서둘러 알몸이 되는 계절, 하느님 앞에 맨손으로 서야 하는 계절이다."

이맘때가 되면
당신의 눈은 나의 마음,
아니, 생각하는 나의 마음보다
더 깊은 당신의 눈입니다.
이맘때가 되면 낙엽들은 떨어져 뿌리에 돌아가고,
당신의 눈은 세상에도 순수한 언어로 변합니다.
이맘때가 되면
내가 당신에게 드리는 가장 아름다운 선물은,
가을 하늘만큼이나 멀리 멀리 당신을 떠나는 것입니다.

떠나서 생각하고,

그 눈을 나의 영혼 안에 간직하여 두는 것입니다.

낙엽들이 지는 날 가장 슬픈 것은

우리들 심령에는 가장 아름다운 것……

— (김현승, 가을은 눈의 계절)

자, 이제 손을 씻어야 합니다. 티 없이 맑은 가을 하늘처럼, 꾸미는 것 없이 움켜잡은 것 없이 앙상한 당신의 두 팔을 하늘로 향하고 서야 합니다. 가난한 이 만이 하늘나라에 들어갑니다.

가을은 가난한 계절, 가난해서 아름다운 계절입니다.

(1979년 11월 18일)

# 보 험 (保險)

요즘은 보험(保險) 만능의 시대라는 말을 듣습니다. 생명보험, 화재보험, 교육보험, 퇴직 보험, 의료보험… 보험의 수를 헤아릴 수도 없을 만큼, 현대인의 생활 구석구석에 파고들어 와 있습니다.

보험이란 어쩌면 현대인에게 없어서는 안 되는 건지도 모르겠습니다. 특히 한꺼번에 갑자기 목돈을 만질 형편이 못되는 사람들에겐 더욱 그런 것 같습니다.

지난 연말 병원에 입원했을 때, 어떤 공장 노동자가 그 으리으리한 대학병원에서 한 주일간 입원 치료받고도 의료보험 덕분에 겨우 3천원인가를 내고는, 의료보험을 하느님처럼 생각하며 감격하는 것을 보았습니다. 과연 맨 처음에 누가 보험이란 걸 만들었는지는 모르지만, 좋긴 좋구나 하는 느낌이 들었습니다.

요즘에는 목사님들도 보험에 많이 드시는 모양입니다. 자세히는 모르겠습니다만 은퇴할 때까지 매년 보험료를 내면 은퇴 후 죽을 때까지 요즘 시세로 1년에 3백만 원씩 준다는 것입니다. 장사를 하거나 사업을 하는 사람에 견주어 은퇴한 뒤의 생활이 막연한 편인 목사의 가입을 제일 환영한다는 것입니다.

이런 이야기를 듣는 중에, 명색이 목사이니 나도 한번 들어볼까 하는 생각이 납디다만 이내 고개를 가로젓고 말았습니다. 우선 은퇴할 때까지 살아 있게 된다 하더라도 그쯤이면 우리나라도 사회보

장제도가 잘 되어 있어 구태여 보험금을 타지 않아도 먹고사는 것은 염려 없으리라는 생각이 들었던 것입니다.

　어쨌거나 은퇴 뒤의 생활을 벌써부터 준비하는 알뜰살뜰한 사람들을 곁에서 보며 저 사람들이 모두 죽은 뒤에 계속될 하늘나라에서의 생활을 저만큼만 걱정하고 준비한다면 이 세상의 모습이 얼마나 아름답게 변화될까를 생각해 보지 않을 수가 없었습니다. "너희는 보물을 하늘에 쌓아 두라" 는 주님의 말씀을 기억할 때 적어도 나 하나 잘 살겠다고 이웃 사랑을 뒤로 미루는 못된 풍습은 사라질 테니까 말입니다. (이 보험의 시대에 ─우리 모두 생명보험에 듭시다. 유가족을 위해 돈 몇 푼 주는 생명보험 말고, 죽는 당사자를 위한 하늘의 생명보험에.)

(1980년 1월 27일)

# 이 물가고(物價高) 시대에

정신 차릴 수 없게 뛰어오르는 물가(物價) 때문에 짜증이 난다고
요? 아니 짜증보다는 차라리 웃음이 나온다고요? 앞으로 어떻게
살까 걱정이 되어 잠도 안 온다고요? 그렇겠지요. 자, 그렇더라도
잠시 귀를 기울여 이 15살 소녀의 말을 들어보세요. 최순희라는 이
소녀는 전북 부안에서 서울로 올라와 미싱사로 일하고 있는 초등학
교 졸업생입니다. 약간의 부끄러움과 위안을 안겨 드릴 것입니다.

9월 25일: 시골 갔다 온 언니의 말을 듣고 나의 인생관이 달라
지는 걸 느낄 수 있었다. 검정고시에 그토록 발버둥 쳤던 내가 비
로소 바람직한 목표를 세우게 됐다. 단지 뚜렷한 학력, 명예, 이런
것들에 소외받았던 내가 이젠 다르다. 난 지금까지 꼭 눈에 보여야
만 있는 것인 줄 알았던 것이다. 난 지금부터 진짜 공부를 한다.
명예를 위한 검정고시는 체념하기로 했다. 그리고 나 혼자만을 생
각하지 않고 항상 내 주위에 고생하고 있는 다른 사람을 위해 무엇
인가 보람 있는 일을 하리라.

9월 29일: 돈의 비참. 쌀과 반찬은 있는데 불이 없어서 밥을 해
먹을 수가 없었다. 석유 살 돈도 없이 똑 떨어진 것이다. 언니가
오기만을 기다렸지만 언니는 12시 5분이 되니까 피곤한 몸을 이끌
고 와서 그냥 누워 버린다. 나도 같이 잠자리에 누워서 생각했다.
오늘 점심부터 지금까지 굶었지만 배가 고픈 건지 아픈 건지 분간

할 수가 없다.

9월 30일 : 며칠 전부터 목감기가 들어오더니 결국 몸살로 확대되었다. 말할 수 없이 괴로웠다. 얼굴이 무겁고 눈이 부어서 쏟아질 것만 같았다. ……눈물을 흘리며 엎드렸다 일어났다. 끝내 참고 하려고 해도 도저히 참을 수가 없었다. 반장 언니한테 보내 달라면 보내 주지도 않을 것이고 참을 수밖에 없었다. 돈도 하나도 없어서 약도 못 사 먹고 울면서 일했지만 반장 언니는 조금만 하면 시간이 다 된다면서 7시까지만 참으라는 것이다. 그 언니 하는 말이, "나는 보내 주고 싶은데 사장님한테 혼나." 자리를 펴고 그냥 누워 버렸다.……언니가 깨우는 바람에 깼을 때도 여전히 몸이 불덩이같이 끓으면서 아팠다. 언니는… 11시가 훨씬 넘었는데 시장까지 내려가서 약을 사 왔다. 그리고 보니깐… 생전 음식에 신경 쓰지 않던 언니가 상추와 파 2단, 배추 1단, 북어 반찬, 써니텐, 감, 푸짐하게 사 왔다. 난 금방이라도 전신이 안 아파지는 것 같고 뿌듯해진다. 우리는 저녁을 맛있게 먹었다.

(1980년 2월 3일)

# 은총의 바다

우수(雨水)를 지나면서 양지바른 언덕에는 어느새 푸릇푸릇 풀잎이 돋아나고 있습니다. 한가한 시간이 있어, 파랗게 싹을 내미는 풀잎을 오래 들여다보았습니다. 꽁꽁 얼었던 땅의 껍질을 뚫고 솟아 나온 풀 싹이 어찌나 대견스럽던지, 눈물겹기조차 했습니다. 이게 생명이라는 거로구나! 이 세상의 마지막은 죽음일 뿐이라고 한 어리석은 사람이 누구입니까? 봄날 돋아나는 풀의 여리고 여린 대가리를 보고도 그런 말을 할 수는 없을 겁니다. 무시무시한 죽음의 밑바닥에 송곳 끝처럼 조금 얄밉게 내어 민 풀잎이 속삭여 주더군요.

"낙심 말아요. 조금씩 조금씩 자라나는 생명이 갑자기 닥치는 추위를 끝내 이긴답니다. 날 좀 보셔요."

풀잎을 좀 더 자세히 들여다보자니까 속삭이고 있는 것은 풀잎뿐만이 아니었습니다. 풀잎 끝에서 소리 없이 부서지는 눈부신 햇살이 아지랑이로 피어오르면서 이렇게 소곤거리더군요.

"현기증이 날 만큼 내려왔다. 1초에 지구를 일곱 바퀴 반이나 도는 무서운 속도로 숨 한 번 쉬지 않고 8분 몇 초 동안 줄곧 달려온 끝에 마침내 이 작은 풀잎에 이르렀어. 떠날 때 지니고 온 따슨 기운을 풀잎 속에 옮겨 주고 이제 어지러운 아지랑이가 되어 사라지지만 후회는 않는다. 어둡고 광막한 우주 공간 속을 홀로 달릴 때는 정말로 외로웠어. 그러나 나는 마침내 해내고 말았다."

숨 막힐 듯한 지구를 향하여 쏟아져 내리는 햇살들의 소리 없는 아우성으로 이른 봄 양지바른 언덕은 그야말로 은총의 바다였습니다. 푸른 하늘을 올려다보니 비둘기처럼 생긴 흰 구름이 한가로이 떠 있었습니다. 그 비둘기의 부드러운 목을 스치면서, 가없는 우주 공간을 외로이 달려온 햇살이 저마다 목적지를 찾아 어떤 것은 은빛 비늘처럼 반짝이는 바다 위로, 어떤 것은 서낭당의 향나무 가지 위로, 또 어떤 것은 달리는 버스의 유리창 위로 내리꽂히는 것을 보았습니다. 그리고 그 무수한 햇살 속에 숨어 있는, 아아 무수한 하느님의 은총을, 작은 풀잎 하나 겨냥하여 광막한 어둠 속을 외로이 달려 온 안타까운 사랑을 보았습니다.

"지금 숨을 쉬는 모든 것들아, 하느님을 찬양하여라!"

(1980년 2월 24일)

# 책 말미에

참 복잡한 세상입니다. 세상 어느 구석을 살펴도 사람들 하는 일은 갈수록 세분화되고 그래서 날마다 더 많은 전문가들이 생겨납니다. 태어날 때부터 무슨 전문가로 태어나는 아이는 없겠지만, 일단 태어나면 어떤 방면의 전문가로 자라기를 바라는데 본인은 물론이요 그를 둘러싼 다른 사람들도 그렇습니다. 전문가로 되어야 대접을 받는 세상이기 때문이겠지요. 아무래도 남을 대접하면서 사는 것보다는 남한테서 대접을 받으며 사는 게 더 좋은가 봅니다.

그래서 갈수록 온갖 방면에 뛰어난 전문가들이 더욱 많이 나타나는데, 웬걸 세상은 오히려 더욱 살기 힘들고 법 없이도 살아갈 착한 이들한테 고통만 안겨 주니 딱한 일이 아닐 수 없습니다. 시간과 공간을 놀랍도록 단축시킨 첨단 과학기술은 그래서 그만큼 더 사람을 넉넉한 시간과 공간으로 이끄는 게 아니라 반대로 그만큼 더 바쁘고 옹색하게 만들뿐입니다. 생각건대 이래도 과연 인간을 만물의 영장이라고 추켜세울 만한 것인지 모르겠습니다.

그래도 사람은 사람인지라, 또 막히면 뚫린다는 옛말도 있는지라, 스스로 만들어 낸 막다른 골목에서 벗어나려는 노력을 기울이는 사람들도 많이 있습니다. 둥그런 지구를 어디서 어떻게 나누어 한쪽을 동(東)이라 하고 다른 쪽을 서(西)라고 하는 건지는 모르겠으되, 아무튼 온 세상 사람들이 그렇게 부르니까 그대로 사용하자면, 서(西)가 현대 과학기술 문명을 일으킨 주인공임은 부인할 수가 없습니다. 그런데 바로 그 기술 문명이 인류에게 최대의 혜택을 주면서 그와 함께 극도의 위협을 안겨 주게 되는 바람에, 뭔가 다른 '문명'을 만들어 내지 않으면 안 되겠다는 생각을 하는 이들이 신통하게도 기술 문명의 본거지라 할 서(西)에서 나타나기 시작한 것입니다.

그들의 이름을 여럿 들 수 있겠지만 1970년대에 「물리학의 도(道)」(*The Tao of Physics*, 한국어 번역으로는 '현대 물리학과 동양사상')를 써서 유명해진 프리조프 카프라(F. Capra)박사도 그 가운데 하나로 들 만한 사람입니다. 그에 대한 이야기를 여기서 새삼 소개할 것까지는 없겠습니다만, 어쨌거나 그 머리 좋은 서양 친구가 딴에는 그쪽의 석학이라는 분들을 여럿 만나서 함께 머리를 싸매고 공부한 끝에 인류를 구원할 새로운 문명의 가능성을 동(東)에서, 그것도 동양의 신비주의 사상에서 보게 되었노라 고백한 것은 보통 일이 아닙니다. 앞에서 말씀드린 책의 말미에서 그는 이렇게 말하고 있습니다.

'나는 현대 물리학에 의하여 암시되고 있는 세계관이 현재의 우리 사회와는 일치하지 못하고 있다고 믿는다. 오늘의 우리 사회는 우리가 자연에서 관찰하는 조화로운 상호관계를 반영하지 못하고 있다. 이러한 역동적인 평형의 상태를 성취하기 위해서는 근본적으로 다른 사회적, 경제적 구조가 요구될 것이다. 즉 진정한 의미에서의 문화혁명이 필요하게 될 것이다. 우리의 모든 문명의 생존이 우리가 그러한 변화를 성취할 수 있느냐 없느냐에 달려 있을는지도 모른다. 궁극적으로 그것은 우리가 동양적 신비주의의 어느 정도의 음적(陰的) 태도를 채택할 능력이 있는가에 달려 있을 것이다. 즉, 자연의 전일성(全一性)을 경험하고 그것과 조화를 이루며 사는 역량이 있는가에 달려 있을 것이다."

여기서 그가 말하는 "다른 사회적 경제적 구조가 요구되는" 사회는 물론 그가 몸담고 있는 현대 서양 사회겠습니다만 이른바 동(東)으로 불리는 오늘 우리네 사회도 지금과는 다른 '새로운 판' 이 요구되는 점에서 마찬가지라고 생각합니다. 오늘 기술 문명이 안겨주는 위기가 동과 서를 구분 짓지는 않으니까요. 그래서 결국 우리는, 동에 살든 서에 살든 새삼 모두가 동(東)을 공부하고 거기서 무슨 삶의 가닥을 잡고자 애를 써 볼 필요가 있다는 결론에 이르게 되는 것입니다.

지금으로부터 25여 년 전 모눈 길이 3㎜ 짜리 원지를 철판에 깔고 엠원 총알을 분해하여 뽑아낸 철심으로 펜을 만들어 박박 소리내며 써 가지고 매주 6~12쪽 등사판 '주보' 를 만들어 내던 죽변교회 시절이 저로서는 잊을 수 없는 추억 거리로 남아 있습니다. 사람이 옹골차지 못해서 그 때 박아낸 주보를 모두 간수해 두지는 못했지만 다행이 78년 12월부터 81년까지 1년 남짓 되는 기간의 주보가 남아 있어 가끔 들여다보며 그 시절 일들을 회상하곤 합니다.

그 때 주보 지면을 빌려 '동양의 지혜' 라는 작은 글을 연재했는데, 이 책의 제1부가 그것입니다. 주로 폴 랩스(Paul Reps)의 펭귄판 「선 이야기」(禪骨話禪이라는 한문 제목이 박혀 있는 영문판 소책자)와 이드리스 샤아의 「동양 사상가들」 그리고 손에 잡히는 대로 이런 저런 책에서 구한 짧은 이야기들로 엮었던 것인데, 주제 넘게도 저의 결말까지 덧붙였더랬지요.

제2부는 위에 말한 이드리스 샤아(Idries Shah)의 「동양 사상가들」(*Thinker of the East*)에서 무슨 뜻인지 잘 이해되지 않는 것을 빼고 나머지를 옮긴 것인데 주로 수피들 이야기니만치 회교권의 지혜를 엿볼 수 있는 내용이라 하겠습니다.

제3부는 역시 '주보' 에 실었던 저의 단상(短想)이라 할까, 뭐 그런 일종의 잡문인데, 1, 2부 내용과 감히 견줄 수는 없지만 30대 젊은이가 삶의 자리에서 떠오르는 생각을 딴에는 아무의 눈치도 보지 않고 쓰고자 했던 것이기에, 책의 부피도 좀 키울 겸 부록을 다는 기분으로 붙여 보았습니다. 아무래도 시사적인 내용을 담은 글일 수밖에 없기에 그 글이 실린 주보의 발행일을 밝혀 두었습니다.

오랜 친구이자 후배인 이춘호 군이 이런저런 일로 고생하다가 다시 출판사를 차렸다는 이야길 듣고 너무나도 고맙고 반가워서 내가 무슨 일로 도와줄 수 있을까 생각한 끝에 나의 벗 북산(北山)의

「민들레교회이야기」에 이드리스 샤아의 글을 옮겨 연재했던 것을 이번에 책으로 만들도록 주선한 것입니다.

그러잖아도 요즘 장자 이야기 또는 선문답 이야기 따위가 동양의 지혜를 담은 우화 형식으로 여기저기에서 저술 또는 번역으로 소개되고 있는 것 같아서 이런 판에 또 비슷한 책을 낸다는 것이 망설여지기도 했습니다만, 이왕에 해 놓은 작업을 무질러버릴 용기가 없어서 이렇게 내놓습니다. 혹시 어느 한 독자라도 읽으시고 동양의 무한한 잠재력을 느껴 본격(本格)으로 경전이나 철학서에 눈을 돌리게 되신다면 옮겨 엮은 사람으로서 더 바랄 게 없겠습니다.